写过了这几年

卢文悦 著

山西出版传媒集团 北岳文艺出版社
BEIYUE LITERATURE & ART PUBLISHING HOUSE

·太原·

图书在版编目（CIP）数据

写过了这几年 / 卢文悦著 . —太原：北岳文艺出版社，2018.9

（猎户诗丛 / 朵渔主编）

ISBN 978-7-5378-5647-8

Ⅰ.①写… Ⅱ.①卢… Ⅲ.①诗集—中国—当代 Ⅳ.① I227

中国版本图书馆 CIP 数据核字 (2018) 第 171612 号

书　　名：写过了这几年
作　　者：卢文悦
责任编辑：关志英
装帧设计：汉诗书局·傅远
出版发行：山西出版传媒集团·北岳文艺出版社
地　　址：山西省太原市并州南路 57 号
邮　　编：030012
电　　话：0351-5628696（发行部）
　　　　　0351-5628688（总编室）
传　　真：0351-5628680
网　　址：http://www.bywy.com
E－mail：bywycbs @ 163.com
经 销 商：新华书店
印刷装订：北京富诚彩色印刷有限公司
开　　本：787mm×1092mm　1/32
字　　数：185 千字
印　　张：11
版　　次：2018 年 9 月第 1 版
印　　次：2018 年 9 月北京第 1 次印刷
书　　号：ISBN 978-7-5378-5647-8
定　　价：68.00 元

卢文悦，1958年生，祖籍北京怀柔。写诗，写剧本，也画。 已出版诗集《背景下孤独的人》《你和谁说话》《动静》《诗·戏剧 2009—2010 卢文悦作品》，剧作集《我们的图像》。

而喜乐就是

从今往后

在有爱的夜里居住，在单纯

的眼里，不转睛地，葆全

智慧的深渊。

——荷尔德林《拔摩岛》

秘密的语言

把虹放在云彩中

在湖那边

秘密的语言

一只鸟的死亡

你梦见它的时候

它已风干成一张坚硬的纸

骨骼透明

那些飞过的肌肉凝固

羽毛只剩轮廓

你使劲掰开它紧闭的嘴

从它的喉咙里掏出一条小鱼

小鱼眼睛周围有一圈

银银的光晕

它们的身体都是干扁的

你错觉这只鸟的喉咙

是小鱼的子宫

它们的眼睛都有同一种悲哀

这悲哀使整个梦境闻到黑

你掰开它紧闭的嘴时

不敢相信自己的手指是怎么伸进去的

你忘记了彼此的疼痛

它安静得让你害怕

尤其是当你掏出那条小鱼

就跟找到一个出土的词

但一个声音闷闷

说它是这只鸟致死的原因

它有毒是条有毒的鱼

它在你指头肚上无声躺着

你看见一道凸起的伤疤浮雕沉默

你有好多话热乎乎想说

你一下醒了

就在你还想回到梦的刹那

额头掠过一阵冰冷

一条蛇变成无数会飞的蝌蚪

海　边

海边

隐去一双眼睛

海风推过来波浪折叠

骨牌的白色泡沫

一道道

有的很长有的很短

闪着一抹光亮

它们没有重复

有的只是覆盖着同伴

然后被同伴覆盖

止于海边仿佛某种

约定的界限

也正是在这里

在这永不停歇的地方

充满引力亲和

柔软凶猛

直到新的波浪从更远处涌了过来

蜜 芽

列王的秘密

流动水晶棺棱角的

幽灵

空气睡去了巨人

青铜灯盏

左耳听见右耳朵穿过

脑浆的欢呼

滴水之声一滴

春来

一滴秋去

蚂蚁的合唱

钟鼓齐鸣

阳光行走腐烂的语录

蛐蛐儿的骸骨

仍在角力

生锈钥匙转动苔藓的蒙面石头

火劫掠

也无情地给予

分开的时间

一半龟裂

一半洪水成灾

一棵树

它的根是石头上的泥土

石头为它裂开的缝隙

岩层里召唤的水

矿物质

更深的热量

安静的冥想的黑暗

它用身体呼喊的光

太阳的生和死

月亮的沉默

风的暴力过后的虚无

天空宽阔的沉重

闪电的灰烬

星星的露水尘土的霜

雨交换的雪

一棵树以牺牲自己的树叶

获得梦的生长

包括停留在枝头末端的希望

树洞树疖的绝望

踩过无数脚印的影子

如果还在发生着什么

那就是它一生都停在一棵树上

七月考雪

雪注定是可以叙事的

古人写过的雪能堆一个大雪人

滚大的雪球

装满感叹的寥廓孤寂

茫茫只是捆住手脚的空

梅花欢喜早已解密滴露牡丹

冷暖都在一只鸭那里

春江绿不绿

月夜底下都失色

一个睡字身上奔腾千军万马

也伏一头罪恶小虱

酒不能说清人间世故

醉火上浇油

黑咕隆咚的渡口

看一条船兀自横着

捧着颗小小心脏晃荡

万古就是此刻

但就有这唯独的死找到雪

斗拱：下层建筑的猜想

榫卯的手艺

拒绝铁钉子的

暴力

它的对接

是人们忽略的

一大奇观

敞开地进入

仿佛思想的吸纳

让渡

那预制的尺度

曾在沉默中

推演沉默

语言的危险如同

真理

飞檐总是翘首天空

藻井总是覆盖

地面

梁和柱

总是顶天立地

它目睹观念与观念的

合理间隙

以及吻合的美感

语言里的声音是个

声音外面的

凝视者

这也是开和闭

讨论的天然默契

一些小小拒绝在于给力的

某种摩擦

甚至微微地敲打

碰撞

凸与凹

通向秘密虚实

棱角关系

迎合阴阳的

巧妙

决定垂直与水平

暗合的方向

错落让金字塔

上下倒悬

从另一个角度看

这也许是它完整的

切面

有多少抽象

似乎就有

多少隐藏的机关

它不像骰子

依赖于旋转的偶然

但想象力

总是走在哲学家前面

如同扑闪的沉思

锋芒

它们确实是

缺席与在场的

另一种比喻

就像山和倒影的关系

直到时间的咬合

成为一件

牢不可破的

艺术品

各自呈现

秋禊

点着的鱼

燃烧高台的

红烛

红真红

峨冠的火苗黄金

垂下的烛液

博带

小雨点迷蒙

无声画着

自己

那些小波澜的环

相互碰撞

你中有我我中

没你

有雾运行水面

远处的山

划开了混沌

生烟

垂花门镂空錾花

的锈迹

退潮的柳浪

传过来莺的萧瑟

迟疑

翡翠水袖

曼舞风眼的兰花指

明眸临风

汉白玉的栏杆

皓齿

有舟子

运来半船塔影

穿过石头的

虹

有花伞

开出跌落的

梅瓣

那都是春天的远事

块根里

瓦蓝的回忆

有人说

脸是裸体

有诗说炼金术的句子一定要

九曲

酒是薄的香是沉的

鼓瑟的手艺

吹笙

月亮是个躲在云后面的

白袍隐士

坐爱渔火的钟声

朗读上帝

使徒与行僧

山的几何图案

蓝眼睛的猫

蜕去虎皮

阴影处

幽灵明灭

空间的魔方

有一双手骨节粗大

月球表面没有

血管

芒鞋踏雪

移动一片脆弱的水银

行脚的鸿毛

仍能听到雪粒压迫雪粒的

微响

寥廓的渊薮

黑夜围着照天篝火

碗里新酒来回

晃荡

哦踩高跷的人倒立

头顶沉沉大地

桃木迸溅的火星

风卷起

在另一个国度

蜉蝣播散

不要说天就是顶没边没际

翻滚的篷帐

蓓蕾里

爆破受洗的福音

长夜漫漫

黑暗的内心礼花缤纷

沙漠上

无数骷髅串在一起

看不见的花瓣

加冕那颗孤单的心

再好的死

也是死

快乐具体到神经末梢

传递什么也没有

裹在斗篷里的金刚

每寸皮肤

燃烧无量光阴

每一寸骨头涅槃

大千尘埃

鬼魂奏鸣

美梦止于异梦

神迹毁于人迹

太阳黑了

月亮血红

发明铁钉的家伙

万箭穿心

一座城池烧烤惊慌的人们

没有一块石头

在石头上

看见声音的看见

一朵云

听到风的

天使们金身

恐惧的欣喜深邃万籁

臣服神秘

星光眼里滚动

巨大泪水

冰窟窿的热气

蒸腾

网里鱼虾

舌头上火苗乱窜

仿　声

第一章　塑料

从出生的那天

透过多变的身体

我感谢上帝

上帝

让我的遗骨

千年不朽

我的诞生来自另一次创造

一次浪漫的革命

神秘好奇兴奋

也可以说我是一个

全新的物种

只有形态没有意识

我里里外外

都是塑料

塑料的心塑料的大脑

也许这就是我

对造物主的感恩

我和人的关系简单到

只有消费

我消费我的塑料

人消费人

当然

还有生来我就缺少的

精神意志

我无处不在

就像什么地方也没有

你们人类的思想

有的裹着糖衣

有的装进胶囊

慢慢缓释

还要看看保质期

软肋给人的力量超过了

铁拳

比起我

你们更架不住

诱惑引诱

你们跟我一样必须人造

而后生

这可是你们

幸福的源泉

快乐的根本

我知道我的盟友

都是些易拉罐

空瓶子

安全套旧报纸

还有不想穿的衣服鞋子

淘汰的电脑手机

我们在废品的回收站

吹响集结号

看完用完

就是我们的命运

像过时对我们的终审

判决

像飞机坦克汽车战舰

卫星导弹

房子桥梁油田矿井

灯泡电池甚至

钱币的报废

我是塑料

塑料的真理就是塑料

你们能用我的名字

造出一万个句子

那也挽救不了

塑料是我我是塑料

我跨越了时间

国度

模糊了某种区分区别

我接受分类

但不属于某个阶级

我不拒绝工具

就像我是一种技术技艺

我的可塑

就像人类对善与恶的

操纵顺从

我热爱自然但不是

绿色的有机肥料

我依恋生活

却不得不接受

一次性可悲的天意

尽管我

也可能经过炼狱

获得重生

那我也是再生的塑料

人类的需要

就是抛弃

当我成为普世

容器

成为敞开的手提袋子

我的空虚

装满各种垃圾

哦你看我的坟墓多么完美

别管那些所谓的灵魂

在哪里掩埋焚烧

焚烧掩埋

第二章　水墨

欢迎来到慢的世界

这儿不生产

蒸汽机发动机

不生产

用可怜的马的潜能

计算的动力

这儿只有水车

风车

水的速度和人的脚步

一个频率

风也是缓慢的

它走走停停

因为好多的动物

走走停停

因为田野里的植物

安安静静生长

因为山的呼吸沉默

不动

欢迎来到慢的世界

这亭亭酒壶

流动陶的削肩

美人藏在

线条里

只要你的目光转动

月亮就会升起

涌起的水墨

收拾了旧时间

重新丰腴

给长卷一点距离

袖手的人

是个看星相的观众

想着

天上掉下个

桃花源

欢迎来到慢的世界

世界的外面还在狂奔

它们需要多大的

能量

支持支撑

当金钱蝶化为美丽的资本

平庸攫升为流行的恶

那亿万匹汗流浃背

的马

鼻翼冒着热气

肚子上青筋暴跳

腿上的肌肉

不停颤抖

银河落下来的世界

最璀璨的地方

最黑暗

可怜的马啊

你跑不过飞转的轮子

那轮子都是

血肉之心

浑身的血都在为它的加速

润滑

增加动力

欢迎来到慢的世界

横过来的画面

是只生猛的螃蟹

它的每个关节

都能迸发出机器人的

暴力

这木浆

流动草木气息

这柔软柔韧的纸啊

轻如鸿毛

却沉淀

山的

剩下骨灰

欢迎来到慢的世界

慢的目的

是停下

是站在那儿片刻地驻足

凝视

倾听从人的身体里呼出的

陌生响动

空谷里的滴水穿石

哦烟云素面

古人的另一张脸

交换油腻粉黛的现在

水停滞在那里

氤氲还不能落下的

烟雨

它的饱和

多像失眠者垂垂的眼袋

欢迎来到慢的世界

水在墨里没了

水和油的交换否定了

水乳交融

山在水里面没了

山的外面

不是山

山以没骨的痕迹抱紧

自己的影子

好抵御小小寰球

精神的转动

第三章　丹田

救赎是拿来主义的

洋枪洋炮

比不上宿命的

坚壁清野

西装革履的启示

敌不过长袍马褂的

天人合一

哦这辽阔的废墟

深远的景致

你的胯下

不是一道火焰的马驹

而是拉在手里

套着LED项圈的卷毛小狗

跑前跑后

遛

是个现代主义的

宠词

连接理想虚无

充满许多主义的张力

它不同于跑也不同于走

期间有盘桓

犹疑恍惚焦虑

遛抹去了性别年龄

狗是隐去的身份

只要它一叫

就有安慰暖暖而来

只要你一喊

它就会望风而归

狗狗的光脚

就像一个时代祛魅

但人不行

没有鞋子如何行万里之路

脚底板不是石板

不是合成物的轮胎

光脚不怕穿鞋

让真理不合了时宜

一句口号

天就像无边的标语

黑夜休息

白天继续复制

还魂的鞋从语言里走来

有着自己低沉的嗓音

它有左有右

不同的形制服从于

自己的尺度

服从于脚的知道

暗示

一只陷入黑暗

一只可是拔出的晨曦

地义和天经

走起路来

既保持相对距离

也考量着风摇树动的平衡

你的不能形容

描绘

只是因为太过深入

像一双鞋那样

沉下去

沉在命门掌控的区域

把心屏蔽

心哪还是心

尽养活些妖魔鬼怪

鞋睁开眼为了

脱下

你闭起眼也许是为了

欺骗自己

人的苦

闷在敞开的鞋壳儿里

嚯这出土的容器

多像神抛弃的荒凉

贫乏的自己

百衲身上的一块

补丁

合乎阻力摧毁的逻辑

我们体内

流着动物血液

赤裸的宇宙

上帝不敢抚摸触碰

必须将押韵从自然中

彻底抽离

必须有自由体僭越

古典抒情

五色是一道彩虹

也是横空的

咒语

天堂的开始

许是地狱的倒叙

我行走于大地连痕迹都不是

那呼出的标点不过是一个

符号的哈气

大地睁开眼睛

我看见

众人践踏的疼痛

第四章　椅子

古老的叹息

安放在肉体里

留下空空

足迹

它可是人的来去

鸟的身影

透视的余光

扫描黑白混淆的散点

烟云的烟雨

散尽消弭

垃是垃圾的垃

剩是剩下的剩

叹是叹息的叹

知是知音的知

活是活着的活

死是死亡的死

也许

有人在垃圾上问来者

难道你看见了

我们的废墟

来者在废墟上问有人

难道你看见了

我们的垃圾

回声寥廓

因为没有梁

但还是绕了三匝

也没有柱

因为没有一块石头在石头上

龙走蛇窜凤鸣凰和

满天的星星好像抠开的

一个个穴洞

有人

人在哪里

来者又当何去

一本书

对开

头朝上是山

脚朝上是水

古人用过的东西叫文物

留下的声音叫文学

写出的字叫艺术

纸上的水墨一副神仙模样

他们活在慢和少中

尽管有杀戮疾病天灾

他们的身上

垃圾是个不存在

的词

那一年你唱《拉兹之歌》

现在的喉咙咕哝

歌之垃圾

你走进橘色的成人

情趣店

仿佛看到了诗的本质

王

不一定是帝国

前生

真的转世

坐有着传统传承的绝对意义

如同伟大的孤独总是

领袖的慰藉

坐短暂作别了走

鞋还穿在脚上

看还留在眼里

可一切的一切都成了

擦着地皮的不明

飞行物

记忆是一根塑料魔尺

也是塑料杯子里

搅动的咖啡

可坐和等的关系

确实无间亲密

车灯在细雨的落地玻璃窗上

划过

好像横过来的微型火炬

等最有意思

发现无奈

但它能把渴望

从欲望中细分出来

心的偏旁从物

从兽

咬得心难受

这个等字多么温柔温暖温馨

干净安静纯粹

我们生下来

就怕失去某种关系

等就是链接修复

或了断

但我没有出现

我是从我们分离出的你

和他

我和你们的关系

没有关系

你可以惊呼站立站起站直

世界媲媲洋洋

又是如此渺小丑陋卑微

但你很快被一个没长出翅膀的

闪念击垮

哦这大鹏呀

这扑扇着空气的仙鹤

飞起来的龙呀

拉长了想象脖子的凤凰

盘旋在墓碑的上方

哦垃圾疯涨

它们以新的高度

屹立坍塌

我的失眠是一块蛋糕

你的孤独

举起了刀叉

本诗取材于《艺术与垃圾》（敬文东著，作家出版社，2016），在此表示衷心的感谢。

欧米埃尔

突然

你脱去了皱纹脱去

衰老丑陋

变成苹果的模样

露水闪着阳光

青铜开始呼吸

那双上帝的手惊讶地

离开了你

太多的人物屏住了气息

不管是神

还是男男女女的故事

也正是在这一刻

看不见你的人

睁开眼睛

但他不敢触碰

因为你消失了所有线条

那些风蚀的痕迹

那些时间之链

曾勒紧一盏灯芯

死亡在最暗处

照亮身体里塌陷的

美

对于你

五官是多余的

但它们确实

维护过脸的尊严

即使世界因为它们

大惊失色

狼和狼崽子围了过来

又四下逃窜

那时你的乳房

干瘪奄拉

坠落风中之果

与其说苹果的水分

锁住自己

丰满的轮廓

那业已丢失的重新

给你灌浆

给你注入接住吻的勇气

可手和身体仍在寻找

一种盲人感觉

拥抱只是两个影子

在另一个空间的

翻滚

他在你的身旁发呆

你还没有告诉他

那些瞬间穿透

男人的诱惑

让男人瞬间变成动物的

骨骸底片

我是个妓女

如雷贯耳

我是个老太婆

那个大胡子手艺人

让我活着

如果谁想在那儿

那不再开放的花瓣里寻找

日出的鲜红

如果这生动引回到

你的天真

推翻了你现有的身份

就有一个纯粹的词

在等候

在等待久违的

启齿

它就是母亲

你在证明某种真理时

开具出黑暗悖论

海风琴声鲜花

退回到它们合理位置

在你这儿

凝固的风暴

追问放纵后的

平静

是什么不停唤起重复的

快乐以及留在床上

痛苦的爱

黑色

有着古典的悲哀

它坚硬的质地

回答宿命

但她不解释死

她只解释从美到丑的

全部过程

把你们的目光留下

我就满足了

就像当初那些贪婪的

扫射

苹果在身体里惩罚苹果

还是身体

在苹果里拯救身体

他恍惚于狭隘

她是她们

她是女人的他们

他更沉迷转逝

瞬间短暂

临时的

一种存在的不存在

黑暗的女人

只有博物馆收藏她的

黑暗

大厅明亮

头顶落下的光还在

发现她的细节

在那仍然凸起的地方

变得强烈

而那些阴影

尤其是那称之为源泉的

垂下永恒的绝望

豹

它长出美人耳朵的时候

就不是看的模范了

比如它抓挠自己皮肤发出噌噌的声音

就要冒出火星

那好像不是它的而是经年的树皮

究竟是一种什么样的

痒作怪看起来又是那样狠心

但它的皮肤是蓝的

文上去的也不是天生的金钱图案

可你一定睛那又会是什么

那些从血液里开出的花

有着灿烂的星芒

那花蕊一直收缩到一个个下旋的小孔内

光就是从那里放射出来就是

从那些小小深渊探出头使劲张望

而周边的毛发以细密方式

辐射一个个深藏不露的中心

平静的惊呼都被这质疑的真实如谜

这是它身上呈现的吗

如果是那为什么改变了原来的

金色比如早先潜伏于丛林

假装欣赏还不能捕获的猎物因为更天生的算计

已成为约定俗成的启示

时间已被偷换成机遇偷换成无法救赎的闪失

而不是像眼下举着一颗高贵头颅

没有边际的深蓝都在往它这里聚集呢

天鹅也有些妒忌了

心里说看看看看在学我呢怎么还说是

时代忍不住呢

我仿佛落汤正朝着它仰望

这新来的

天生的警觉仿佛召唤的突然闯入

你围着它旋转就像在众人的笼子里边

它惊讶于自己和天空的浑然

一体却又被宽阔的黑暗轮廓剥离

绷紧的身体溢出热划出了疆界

它太需要看了

哪怕是海底的星星升起落下

哪怕是那些笔画细小的闪电柔软地游弋
它侧身站在那里一脸豹的表情
说不出的人间滋味
以动物的沉默看管着脚下最重要的是
那只乳房挺拔
得像一枚画上去的水雷
她说我来了又告诉你不在

向叶芝致敬

1

这可是要常来的地方睡在

里面的世界隔开黑暗

活过的拥抱还留在胸口尽管

漫天的鸟擦着混凝土的皮肤聒噪

那些蚂蚁街巷那些鳄鱼广场

轮子们运送重复的四季

那些忙于一生的从每一天的梦醒来

为了奔赴衰老或等着不朽

2

都想装得满满的再贴上好看标签

一个空瓶子晃荡什么也没有的空气

假如灵魂只是用手交换闭起眼摇动的骰子

而不是迈开双脚行走在自己的内心

那些说出的话就会掀起无根波浪

溅起的泡沫枯竭海水

但鱼群总是顺着洋流寻找可口的食物

那儿才是肉体朝拜的圣地

3

哦面对拥趸的粉丝悬挂的

造物主早已跌入骨酥肉麻的舞池

却仍不愿离开镜子里那一抹刺眼的追光

灵魂以镀金面具扮演贴身魔鬼

把这颗出土的心掏出来吧这寄生的

空壳里面塞满稗子稻草

更大的荒原旋转日晷勃起的影子

流水线生产一次性的工艺品

4

投身不死沼泽这好像是用不着

某种东西唤醒的轮回

那尘土塑造的留下神的指纹

彩绘的脆弱胚胎

让一个摇摇欲坠的偶像喂饱自己

或在一根苇管里弯腰沉默

沉默一个世纪所垒砌的记忆

为了永远敞开的感官

夜的对话

对于夜　许多白天

还没有理解

这不是因为她

半开的张力

或者完全盛放的掩饰

夜的思想在于迷

在于一种

花蕊内部释出的

解药

当露珠震颤于

脸的麻木

她的单纯放大抒情的愚昧

幽暗延伸夜的

深度

光的滋味

庞大扑面的清晰

张开的毛孔

游弋尖锐疼痛

她的愤怒

崇高也卑微

某种至上

跌落于夜的身边

一瞬间

萤火缤纷

这善意的招惹

照亮力量分散的

挫败

尽管那看似的深奥

令冗长的神

保持体面的惭愧

有时候

夜很单薄空落

孤独地敞开

宣告一种黑暗的奇迹

当微风吹着云

顺着盲人的手指

簌簌流动

如果匿名死亡

梦见了传奇

她的灵感

也许觉醒久违的蒙蔽

如果有一颗星子

陌生词

陌生连成星座图腾的句子

某种纯粹

就会在花粉飘落的节日

绝望破壁的孢子

但夜总是结盟

灿烂的文字

献给虚构的悲剧

她适宜轻柔的诗人

怀抱自己

恰当某个时辰

预感

合住的复杂

紧密地交织

这扰动

压缩夜的轮廓以及

花瓣边缘

轮回与上升的危机

帕斯捷尔纳克

帕斯捷尔纳克（节选）

——写给王嘎

1-2-4

新基督想重合

旧基督

但他既不是

蛋清

也不是蛋黄

我想撬动自己

让自己倾斜

瓦格纳的烈日

凭吊尼采的

黄昏

引领我的少女

不是但丁的

贝亚特丽丝

但两个人

都被她们的

美

击倒

这神秘的力量

来自全能

那美

俨然是一道

战胜不了的

命令

她俘获你

就像事先的约定

这临风的

启示

点燃冰

你将苏醒在基督变容

的光芒中

你听到

语言作为声音的

音乐

击打自己的节奏

她那丰满的

胸脯

呼吸天空

和那片

寂静的大火

我的正义

流动怜恤女人的血

她们给予我的

自由

在基督那里不容易找到

他告诉我的

只有摧毁自己

和复仇

以及不可复活的

死

我还没有触及

真正的苦难

它们像蛋清包裹着

我的童年

我的童年金黄

把它们暂时隔离
即使是先知为了验证
我的身份
将要为我设下
明天难以逃离的
灾难
但平心说
那是我的自甘自愿
我一点后悔
也没有
谁叫我是他的
编外使者
并妄自地骄傲过
就像女人在我的心里
扎根
我的畏惧的成长

如果我是个罪人
那就再多一点罪吧
这样我会好些

1-5

禁欲者的书桌
干净利落
像他使用干净的词
建造干净的
诗节
尽管他声称年轻的它们
显现出天才的轮廓
句子的缝隙
不时冒出医院的气味
但火
让留下的东西
更干净

我发狂
黑色的春天
蘸着墨水
轰响
燃烧我的泪水

如果人不能完全被简化为

某一个民族

我的爱

必不在一个女人身上

1-7-2

自然

你那么可怕

令人畏惧

你的严厉胜过法律

胜过人为的一切

我为诗焦头烂额

就像这个

不明确的世界

看不清自己

我不在叙事中诞生

就会在抒情里死去

1-7-4

全能是上帝的
过错
他制造了
信仰这个工具
并耕种我们
以至它
成为我们命运的
结果
天使的伴随
如同不幸的护航

1-10

我不
能用三月的渴望
拒绝十月的希望
就像天国的瑰丽
拒绝地狱的玫瑰

造物主把她们派到我的身边
并用爱的诱惑反复地折磨我

他惩罚着
我的激情

但我必须披上
爱的黑色斗篷

因为人的兽性
越过风火水土

我们寻找矛盾
矛盾的夹鼠板

冬天烧焦了春天

1-11

当我柔软
好像就有爱

撑开伞骨

它的阴影

头顶烈日

1—12

我想用石头

演奏坍塌的石头

石头在空洞的

肺里滚动

裹着血丝

细菌的黏痰

当落日与日出

相遇

黑夜短暂得

好像没有

漫长的白昼

新人类的冰河期

1-15

顺从
引领我
向生
我是主的身体
火焰的奴仆

我循环
以一条无人的
虚线

1-19

基督的猎手
还没有
数到十三
那个女人就死了

真理产下了
双胞胎

毁灭与新生

它们戴着
白色的
玫瑰花环

手挽手
走进红色圣殿
那个火圈

基督说哭吧
圣诞老人说
他是节日

诗人说
我仿佛从昏厥中
醒来

魔法师说
我将死在洞窟的
入口旁

我们在燃烧

烈火

让我们年轻

送葬的队伍

穿过

下葬日子

空气的咏唱

掩埋广场

圆舞曲的灵柩

这是庆典

雪摘下爱的

面具

父亲夭亡了儿子

还是儿子

报应了父亲

这艰难的
等待
第二次降生

梦的不朽
在于
唤醒沉重

这是有哭
有歌的生活
一点也不假

三色车厢
加入铁的行列
高举图腾旗帜

光的狡黠
映出
漆黑的撒旦

基督说

我是秘密的
水流

幽灵说
我给你准备了
劈柴

十字架
断头台
车轮冒着蒸汽

2-22-6

快乐如同
告密
如同改变一种
书写方式
情欲
也可能是命运
新的启示

幸福的逻辑

解决不了

短暂

或稍纵即逝

女人还是

女人

爱的灰烬

仍有火星

一切还不能

具体到

平行的时间

剪断的某一截

称作时代

它更像人的

某个部位

恶被更恶打败

2-22-7

整整一个夏季

不能用雨来

解释

迷恋展现一面

停下的骰子

它巨大

甚至超出了

我的想象

我又一次把

爱抵押

好换取

她们之间的

平衡

其实更大的

倾斜

在于痛苦地和解

生活作为姐妹

更像爱人是

国家

这游戏的策略

垂直灌输

的结果

上帝是我的俘虏

我注定是他的

工具

一边赞美

一边诅咒

2-26

在他那里

我几乎沦陷

那些顶住喉咙的声音

窒息我的世界

他不是把水排干

而是加大马力吸入

他是黑暗的旋涡

不是圆柱或者塔尖

如果有荒蛮丰盈他选择荒蛮

如果有粗粝柔软他选择粗粝

他舔吮大海的泡沫不用吸盘
他窥看大自然的高度在最后一级台阶

我爱燃烧后飘逸的行板和柔板
他用大动脉的断裂奏上一曲

他是一块能造出渔夫船桨的木材
但不会用这块木材造那艘大船

他能写出为了游遍整个娼妇——莫斯科
墨水和血的搅拌者都配得上这种削尖的木签

他是块暴烈庄严的石头
我只是一滴健康的雨滴

茶或是咖啡
猫还是狗

2-32

拒绝了签名
我睡得像一个婴儿

那些陌生的名字
和熟悉的混在一起

绞肉机是个巨大的
鲜红色马达

词典里已不能承担
新语汇的含义

黑暗改变了自己的属性
成为人类最黑的动词

到处是戏剧的紧张情节
握着羽毛笔的大师撂下笔

当一种恐惧

在另一种恐惧里

看似消失

我好像明亮起来

成熟的事物

昭示着

造物主另有

安排

两种相对的东西

不期而遇

我选择废墟

还是花园

悲剧还是喜剧

我信仰幸运

那些神秘巧合

的力量

超过

虚伪的逻辑

既然必然还需要

提心吊胆的

等待

那我就让这偶然

看护好

我的纯粹

3-35

她明白了自己的

迷误

尽管灵魂里

的灯火

仍在管制

活的坚韧和

死的艰难

以一道

神的光明为界

比基督更早的

气息

从她那里

温暖地逸出

我感到

她的强大真实

比我的幸福

比我反复地燃烧

更容易触及

在感激生活的

同时

也感谢命运

它赐予我

姐妹兄弟

我得到了双面

伟大的镜子

从此时

看见此世

3-36

翻译

必须用被抛弃

换取

我们的逃匿
就像获救

那些狂欢
捆绑起来
如同
身体炸弹

我们的
无助
以为安慰

最亲近的人
她那祈祷般的
声音
让我负罪

我以半个身影
活着

你的名字
复活落日

3-38-2

保持完整家庭的
诗人
都是不幸

因为他们
的血
需要女人燃烧

女人不是
修女
男人不是神父

所有的爱既是
苦役
也是新的甜蜜

愿神保佑

多给

一些这样的礼物

3-39

不要把我

看得那么严肃

我说过

女人就是我的

基督

这不是冒犯

或者亵渎

有一种人对爱

天生的敏感

迷信

酒杯里

好像永远要

注满新酒

才去为

不灭的语言

献身

但我迷惑

我的爱

为什么生锈得

这么快

而我的肌肤

我的头脑

还是如此的年轻

澎湃

这是造物主对我

特殊的关怀

他怕我

墨枯笔干

带着未竟的遗憾

早早离开

我以我一生的

虔诚

祈祷不同季节

降临的奇迹

即便因此

我会俗不可耐

常常用高大

渺小

崇高卑鄙

以及羞耻

在白天的失眠中造句

对她们的怜悯

伴随着钟声

折磨我的记忆

负罪感

也许是我活下去的

幸福动力

但事实是

每一次的爱

都给我带来

丰硕果实

虽然

它们在另一个

离开的女人身上

已经孕育

3-40

女人的诱惑
一如真理

她们的美
来自创世

她们身上葆有
植物动物的气息

她们有
光的安慰

语言的谷仓
诗的马达

爱的轮廓
被不爱充实

3-46

神的姐妹
我们为名声
降低了
人性的尺度

神的姐妹
我们为友谊
保持着
敌意的距离

神的姐妹
我们为纯洁
远离了
情欲的比重

神的姐妹
我们为天赋
排斥着
相互的引力

神的姐妹
我们为声音
走进了
不同的神秘

神的姐妹
我们为顺从
服膺着
最高的意志

神的姐妹
我们为布道
坚守了
牺牲的懦弱

神的姐妹
我们为缪斯
忍受着
失明的保全

神的姐妹

我们为内心

还原了

语言的肉身

神的姐妹

我们为真理

封闭着

你我的出口

神的姐妹

我们为活着

下完了

各自的棋局

3-50

我的一生被女人

和一个医生贯穿

造物主

俘获我的时间

好像都是为他们准备

这听起来

好像某种交换

请原谅

我快乐

人们围着我

举起硕大角杯

我享受了

活着的时候所有

想象的华丽

高贵

怎么样

我们该告别了吧

这好像我在

祈请

应许的豁免

我也爱你

谢谢对我的拣选

这么快

把我交出去

死是捧到胸口的

法典

我们都曾用

幸福和苦难捍卫

尽管有

指责讥讽怨恨甚至诅咒

如同交错

朗诵的祝酒词

我看见了那道突然

降临的白光

仿佛瞬间抖开的瀑布

又收回

我朝向身后的

鲜花

走进人群

迎面的

她

超过了我

本诗取材于《帕斯捷尔纳克传》（王嘎译，人民文学出版社，2016年版），在此再一次感谢作者与译者。

四季之一

毕加索的错觉

一束光垂下你的

发辫

一个陶环

束住了发梢

它们是

那么容易地散开

塔娜塔娜

墙角踱出了一个人影

又恍惚地回去

挽起的光

更虚

塔娜塔娜

至少两个裸体

太阳神

还是毛发挓挲的

酒神

他们的轮廓

都很纤细

塔娜啊塔娜

把你的长发缠呀的缠

就有光

绕着手指

那敞开的水罐

倾倒琉璃

塔娜啊塔娜

美术馆过去还是

美术馆

那些小箭头

真美

拖着英文的汉字

一面弧形的墙

转过了

你的面颊

光就停在那里

塔娜塔娜

西皮流水

一杯酒里的天堑

喝下爱

她总是戴着不能的冠冕

穷尽海的颜色

补天

酒杯里搅拌乌鸦

喜鹊

它们都唱歌

沉在杯底的黑夜

溢出泡沫

一个消息流泪

那可是绝命的

家书

黑太阳

黑太阳黑太阳

女儿身藏着剑气
锋芒如水
好多植物的苦
你都数过
那就再数一种吧

回过头来
不是一个人还是
一个人
就连影子也是
单数

把自己泡在酒里
就是药酒了
喝了它
给这灯里面的黑
壮胆

有一只手
想跨过两条河

再加一只吧
梦里面
画了个井字

井底下有蛙
也有明天的月亮
说着想着
挺重要的时间
过去了

斜　坡

风的黎明穿过
月亮
星星在网里
翻着肚皮
沉睡的黑夜
挂满露水

读懂梦
海就失去了深蓝
闪电插入沉船
测试黄昏
好捂住耳朵
追逐杯底的雷

一棵草对于一片
森林就是

火焰的种子

珊瑚虫吐出的词

堆积

下潜的岛礁

时间还是时间

荡漾

皮肤的高低

那些毛孔

接住回家的雨

涌出井

黑夜

是块黑色巧克力

爱藏在里面

看着世界

天一亮

就会融化

光拖着长长

尾巴

捕捉光

方格里的蝌蚪

寻找那个

小小邮局

苦菊花

展开紫色翅膀

怀抱萤火

流星雨顺着

手指

纷纷落下

黑夜

剖腹巨大的鱼子

回声弯曲

竖起的海撞向

斜坡的鸟

撞向死

不在骨头里留下的

一盏灯收纳

即使双脚长出蹼

冒出桨

也只能在地面

搁浅

一只水蛭移动

透明浮标

镜子还在水里溶解

镜子

地平线沿着弯曲

折回边界

一首不能删除的诗

你在傍晚阅读我

天边那一抹绯红越来越暗

我看见

最早的那颗星星真亮

窗外的树叶也黑了下来

一只蝙蝠

差一点碰到看见它的玻璃

一翻身就飞走了

天空的蓝也暗下来了

光在枯萎

突然亮起的路灯

泼溅出温暖

埋　葬

多长时间了
我怎么还没有腐烂

一只无名虫子
拖着发暗的光爬过
我的身体
它是从我的墓地裂开的缝隙掉下来的
缝隙流下尘土般的阳光
许多声音拥挤着奔泻下来
好像找到了出口
墓穴里一下亮堂起来
黑暗因为突然增加的密度拱起
我也仿佛被一股气流掀动
升向半空又重重摔下
我想说话可
牙关紧咬
舌头僵硬嘴唇紧闭

我是什么时候躺进里面的

记忆已经抽空

我在外面的时候它装得满满的

在里面就什么也没了

我知道记忆对现在的我来说

没有一点用

因为我在外面时

就因为记忆怎么也抹不去

而不能按时躺进里面

那只虫子开始在我的脸上

翻山越岭

它默默地爬着

时不时抬起头来看看我

再用两根很长的触须

试探我紧闭的眼睛

它在我的两只眼睛上停留了很长时间

像在两颗蒙面的星球沉思

墓穴的穹顶墙壁留下劳动记号

但我什么也看不见

即便是上面画满蓝天白云

画满神和天使

我在外面的时候

眼睛是我依赖的重要工具

看见看不见的

比看见看见的对我来说

是件眼睛后面的痛苦工作

这些我在里面才想通

你看见看不见的

就必须什么也看不见

墓穴的穹顶隔几年就有动静

震落的尘土好像流水

云一动弹就有闪电雷声

天上的蓝就躲走了

可那些神都是画上去的

画上去的也不安静

神比人的动静大

那些神和天使争先恐后地转身转世

我在里面躺了多长时间了

那只虫子掉下来并不长

我的身体还有弹性

里面的膏油还没有渗出体外

身底下的土还没有被这汁液浇灌

我在外面就听老年人说

人死了身上的肉会一块块由紫发青变黑

然后开始腐烂

与自己的骨头分离

五官塌陷

只有毛发最难朽坏还长在

该长的地方

心这个东西称呼心脏

就很庄严庄重

这台精密的机器

一停止运行

人的脸色立刻就变了

召回了冰冷

柔软也吓得不知跑到哪里去了

时间立刻就有了断代

有了生前生后的分界线
它腐烂的过程想起来很残忍
心还会腐烂心还会腐烂心还会腐烂
越念越信

我还没有躺进里面的那个瞬间
像分娩撑开的宫口
记忆大踏步地撤退一如溃败
我用微弱的游丝牵着即将远去的爱
我想起最对不起爱的
就是没有去爱
我从眼角流出的泪水是要追着她的
这最短的距离高速

那只丈量过我身体的虫子会飞
这是我万万没预料到的
究竟是受了我内心声音鼓舞
还是感动
它居然没有翅膀就能飞
没有我在外面看见过的各式各样羽翼
没有它们发出的嗡嗡噪音

像我还没有腐烂前一闪的复活

它小小身体在空中自由自在

我看见了看不见的种子在飞

一颗不发光的星星在飞

拧灭的太阳在飞

裹着黑衣的月亮在飞

灵魂会不会腐朽腐烂

如果没有就不必多想了

问题是在外面时人们老念叨它

在里面我也想它到底在我身体的什么地方呢

总不会是我呼出的最后一口气

这只虫子是不是就是我的灵魂呢

要不它怎么就偏偏能从墓地的裂缝掉下

还偏偏掉在我的身上

还拖着发暗的光

还在我的身上爬来爬去寻找什么

还在我的眼睛上沉思

多长时间了

我怎么还没有腐烂

这确实不是个死的问题

神学的孤独

月亮

我的死亡

从升起的那一刻起

注定就要落下

我的死亡是圆的

天也是圆的

但她太孤独了

天狗吞噬

月亮

我走到你跟前想

抱着你回家

我知道

你是为落下升起

为了让自己

照亮

全部的黑

书　信

爱的快乐不一定就是

生活的快乐

懂得生活也许不会生活

世界皱起了眉头

也许肯定也许怀疑

那些悲剧往往都用

喜剧铺垫

即使里面的主角

被领上山

看见裹紧的你

疏散的密度

我们还在路上

风吹着我们好像驾驭

我们的鼻孔

冒着冬天的白气

夏天我们滚烫

路旁

湍急的它们穿过密林

好像迁徙

落下的树叶积雪

我们还在路上

它的尽头藏着一个攥紧的谜

又像敞开的漏斗

天空以看不见的颗粒

不停地从里面流下

杂　质

我失败于没有尖叫

没有分开天空的双腿

将揉碎的月亮

塞进空罐头瓶的

太阳

它的光芒践踏倒伏的毛发

砍掉叶子的四肢

陡坡

滚落舔舐蜜蜂的火焰

迸裂的果子嗡嗡

如果一只蝴蝶倒立嗜血的蝙蝠

我的舌头肥大

打开墓穴的天窗

如果苇管劈开的筋骨编制

颤抖的笼子

所有声音扎住虚构的翅膀

我失败于缺少敌意

它是拥有者编排分割的气息

太多的爱

削弱铁凿转动的钥匙

那隐秘的夜

萤火虫拉长坠落的星辰

明灭礼花

当你把手里的词

抛向深喉盘旋的序列

某种源泉成为

有福的折磨

两头燃烧的蜡烛

当时间漫过我们身体

我放慢了书写节奏

水流到深处

仍有寂静的声音

那些看不见的肌理融于

清澈

光在里面抽丝

那是比镜子更远的镜子

直到洗去背后涂银

绿藻穿过柔软的玻璃

以水为床

无声地安置自己

关　键

感觉是个把你装进

来的空间

四海的真理碰壁

那些器官奔赴的旅行

打开牢门的放风

时间重新定义的自由

作为一种体积

而不仅仅是皮肤无间的行动

宇宙装满了星球黑暗无声

光的身体

分解混沌的存在的意义

敞开的花朵沐浴花蕊阴影

捧起的夜色打包成梦的礼物

一小截河流回到杯子

米在粥锅里沸腾

简单到正在运行的器官

什么也不是

模糊无的否定

以及无法说出的你的巨大淹没

想象失去了具体功能

不是螺母螺杆进入拧紧的一般关系

总体寻找边界又被边界

擒拿回的正在时

肉体抛弃理性的总动员

蜂箱里群蜂停止前的飞舞撞击

头顶最高峰值的水银柱

迸裂的目的就是目的就是结果看

见的终极

器官完成的工具使命

一条玻璃隧道穿过自己

短暂的经验书写你的身体历史

卵的邂逅肯定所有排斥

割肉平仓清零月圆月仄月食

满足是个地狱里泄气的词

下午茶

窗外的秋天
不知什么原因一群鸟儿
惊慌地盘旋乱飞
好像它们的内部传出了坏消息

鸟群落在高压线上
像蒺藜拉起空中的铁丝网
谁如果说那是跳动着的音符
谁就会唱出死亡

导航手册

总有一个大的东西

预先呈现

划动双鳍的鲸深蓝游过额际

可它只有水母的轮廓

透明身体仍然隔离透明

不可言说使语言

上升浮动

你所有的工作都在它的阴影下

不管垂直弯曲

干涩还是光滑搏斗还是平静

河床没有水如人抽去了筋

此刻你必须承认那是最高的声音

深夜想起了马刺蓟

我是一株黑暗中的马刺蓟

这黑暗养活了我

它不仅给了我刺也给了

我平常的叶子和花朵

黑暗对我来说就是光就是

围拢过来的温暖

我在黑暗中生长比在太亮的地方强烈

这黑暗是我离不开的

思想和睡眠

就像想象中的死

在剖开的肉体里猝然复活

读画（选十三首）
——以张猫的三十六幅作品为题

小红马

距离使它们褪色

缩进那个引路者的黑

石头们朝向它

朝向一匹马的孤寂

天殷殷地落下深远梦幻

它们曾赋形赋格

说出的话不是人言

也不是鸟语

它们被一个谜遗失

又像被困惑惊惧

因为笔的抖动

身体里有着人的骨骼缝隙

它们张望试探踟蹰

直到嶙峋的红在血液里

融化消失

椅子坐在异乡

致幻的黄昏迷惑
一把椅子
那是个异乡悲剧
切开的日头
里面藏着耀眼的黑
有一个叫基督的人展开双臂
死了又活了
让很多人懂得流泪
疼痛不是别的
是从肉体里往外拔钉子
流出的血拒绝红
还有一种活法
就是空酒瓶子垒起十字架
只要有一只抽空
更黑的夜轰然倒塌

同类

摆开的石头巨阵流放荒岛

每一块都很沉重

词与词总是保持着亲密关系

即使是敌人

也能站在一个句子里

甚至没有间隙

还有天地人鬼地狱天堂

爱与恨

春夏秋冬生老病死

这些陌生的橡皮体积

几乎压垮小小尺幅

绷紧的画布在画框里击鼓

它们浮动云层

拔起了俯瞰高度

一只飘落的花豹以它

放松的骨骼

喑下自己

墙脚下的小土狗

有一种残酷是温暖的
但它不是晒热的海水嬉戏
身体曲线
碰倒的红酒淹没
灯光里沉沦的月色
也不是腆着肚子的世界
压回到小小墙角施舍
多余的脂肪
星星在黑暗的被窝
数着自己的零钱
更多的寒气打着喷嚏
只要有一根火柴划着的暖色
照亮那倾斜的十字架
所有文过的花瓣都会凋零
亲过的风也会生锈
哦它们相拥一起就像
抱紧冰冷的石头

那夜 我奔跑而过

这如迷的醉以一棵

靠在坛子边的树

摇晃所有的人

直到树林里冒出几只耳朵

升起几个鼻子

一只蝴蝶在两个瓶口

来回嗅着

为什么一瓶是酒一瓶是毒

她飞走的时候听见

身后喝空的瓶子跌倒的声音

杯子里涌起的波澜

感叹知音本质

一种燃烧映红了凌乱的黑夜

那不是勾兑的水蒸馏

短暂的欣喜

以及肉体的亲密与间离

鸟的骨骼

天空寻找鸟的骨骼

就跟大地寻找人的牙齿

不要问续航飞行的肌肉是不是

烟消或入土为泥

有一种死唱着歌埋葬自己

星空在放电的云层后面

看见雷声脚步

风告诉翅膀即使被拔干净羽毛

你也是个重金属的发声器

那声音放射乍开的光

有蜡烛转换灯的黑

有树的影子摔打自己的枝干

好大的雨啊

还在画框外面使劲下着

小雪

错位的节气

改变了腐朽山水

山水可以是码在纸上的

胸中块垒

也可以雪藏琉璃

假如有一股瀑布的黑

垂下万古墨汁

就一定有几块石头

草绿

虽然撑开乾坤的蓝很低

给空气开几个窗户

打开的夜

好看见一只狗立体的虚无

给突然的白惊起的

无数翅膀

起个落下的名字

难以抵达的一隅

总是痴迷于破坏

身体里汹涌的剑麻再造

新的秩序

它们看上去无法命名

那些神秘躲在

另一颗星球的阴影

它更像祖母绿凸起的

巨大头颅

佩戴着紫水晶族徽分餐

盘子里的细菌

卵生胎生湿生气生的

都以软体存在

可一种居高临下的狡黠

烧红面具

锋回结果的棋局

每一次微小的逃脱

比芝麻小的芥籽

小不过光线里浮动的尘埃

他们闪着微光

有的上升有的坠落

他们在空气里打转好像围绕

一个看不见的话题

然后不欢而散

他们也许是皮屑魔术

被褥抖出的秘密

阳台上寻找知音的花粉

猫或狗的气味

一张床一扇窗户

都是巨大怪兽

那些混凝土丛林对于一只小鸟

如同肥胖的皱褶

解体的某段关系

在谁的主义里搜索派别

一张画就会报废

更不用说在这浓重里打捞化石

找到山的时候金字塔只剩

一场事故的警示标志

水在河里干枯

留下车轱辘的泥泞

月亮退化一只失败牛角

风干的鱼改装红尾巴的飞艇

眼面前的大耳兽

早就分享了转基因

它的前世也许是外星家族的长老

一顶隐蔽的冠收藏了

几千年的帽翅

那块头上的玉放着新的光芒

所有花纹象形神秘

偏僻

对峙的事物暗合

霞霓沉云

它们的亮与灰

混沌

许多目光沿着拱起的弧线

参观天堂以外的死角

那里堆挤着

压缩的乡村城市

鱼鳞洗去了白内障腥味

透明扇贝

或是几对隐形眼球

对着斑驳的墙皮美瞳

一些微弱的神话好像传说

一只蜥蜴哑然歌唱

越是人少物稀的风景

越是发芽的谷仓

食肉的艺术家

有情色含着一条腿

吐出长舌

有埋在身体里的肉体

仰面换气

有红色的兽

隐藏了更大心兽

有放纵的石头

瘫软石头

有一些坚果掉下牙齿

有可疑形状拒绝

垂下的乳房

有更多的密码升降符码

有半个月亮

剖开了多肉脂肪

里面住着一个不省人事的桃花源

沉默如谜的孢子

在身体里飞着

一种蓝洗出的青载满

破壁的轻

月亮伸出毛毛虫的光

挂起一盏灯笼

这是个无人世界

也许想象的人还没出现

它们攫取黑

就像太阳的独裁

那些裹蔽的三重天是一部

厚厚神曲

孤独繁殖孤独

减去欲望或加重

那看似的休眠正好营养抵御抵抗

以藻类苔藓真菌的形式

献诗（选二首）

神秘主义爱情

玫瑰身上的汗毛吹倒了

一片幽暗森林

瘦弱的神左摇右摆发芽的身体

他们的五官是一条线

分开了阴影关系

有时候他们手拉手抖动一个圆圈

旋转的星云甩出几粒棋子

你找不着光在何处

所有色彩都走出了色彩

一只发亮的毛毛虫划着双鳍

气泡里打着要有光的手语

海星在一面旗帜上组成方队

沿着摩天肌肤

越过了重要的器官

你用水融化幻想比用油麻利痛快

油有着爱的腻歪

但水不小心也会报废

有一种叫琥珀的白日梦

相拥黑夜

嘘，萤火虫的声音用超现实手法

迷惑刀片的深邃

人不在乎自己造就的东西

可人害怕自己

蚂蚁军团又在传递秘密信息

今晚它们要完成一场空前的战役

站在月亮边上的一只玄鸟

猜想着朱雀的不存在

风花有时候使雪月产生古老的歧义

一条河在舌尖拐了个大弯

精致的唇如同狭谷的巨大磐石

两只手坐卧于拾级而上的梯阶

青龙厮守着白虎

我看见爱的狮身倒立

一个三角形合住塔的立方体

匍匐的太阳汗流浃背

未来主义爱情

与命运对话天就会暗下

果壳里的籽逃离果肉

要么强行剥开要么等着自我腐烂

对生的一枝豆荚

在一片蓝里伸过来迸裂的饱满

蜷曲的空盛着无奈

蓝垂下泉的丝绸假想洗礼

那些山的轮廓横卧

你可能想给云留下更大面积

它的边缘冰山崩溃

那些即将离开母体的图像

肢解你

有谁正在坠落接住围观的狂欢

集体漠视预示着某种

早已期待的结局

攀附者踩着彼此肩膀头颅

他们填满了深渊

好像爬着天梯

听说摇篮都和革命发生暧昧关系

如果把爱放在里面

会不会孵出没有翅膀的天使

还有这一隅浓稠

深蓝与更稠的白相拥相抱

遗忘记忆

但它们更愿意摆出什么也不是的姿态

强调你心血来潮的无意无识

为了增加平庸效果

舞台上经常放出五眉三道的干冰

可演员们怎么也飞不起来

化了妆的铁钉扭曲

囖这米色的岩石有着火星的地表模样

一抹蓝浮动干涸前隐秘的皱褶

那浓稠更像一群豢养动物

凝视时肯定你眼花缭乱的错觉

其实某种撕裂

一直想打破平衡平静的总体

尽管它被赋予了一个有点痒的名字

清欢好像稀薄孕育厚重

覆盖了不美也不丑的主观呓语

它的深喉吐出荔枝的情色

凉与酸涩与甜的

无色无味

巨大的豆荚公开肃然的神意

她从另一个世界飘来

好像谁把它遗弃

却没有一点需要拯救还是坠下的意思

我们的目光生产稳定

其实我们的心充满浮力地上升

想着她和我们保持一种亦非平视也非仰角

就那么的半跌落状态

这就足够了

就足以感受到即将触发的震极

那最靠近我们的枝头带着手指弯回的半圆

有如还未伸展的蒂把

把我们带回流过泪水的童年

那不是平常的果实

它们在一个弧形的狭长地带做梦

如同蛏子潜伏于滩水近岸

它们更像收回张扬的叶子

以一种怀旧的浅褐修葺自己的底片

有十字花聚焦虚无散点

更远的引力蜂拥星宿

那探针的茎秆咬住虚构吸管

输送螺旋动力

这也许是主人在一个高处最后表白

看啊看啊一种死神圣不可侵犯

肉体的爱不能代替

回声：或短暂的一种仪式

两片刻之间是个瞬息不可读的复数

别的轮廓重瓣不同于

门的张力宽窄狭隘的度量不同于

喷涌的间隙某种力的持续

它是一个有过的空间

正因为如此影子有了立体

分身术还原了分裂后的组合

神经细胞死而不生

至少有一条走廊属于人的

人在其中受训于滑行而不是平常的走

受制于夹壁的规则

而不是自由澎湃

紧闭的无以主人身份在里面等待

它的身后还有一个更大的

能够孕育或者说准备的接纳

你看喜鹊不是以喳喳而是呱呱的

进入那个空就张开了
声音有了形态完全是自己的
完全是获取的一段单独
速度顾不上解释另一个频道的慢甚至忽略
没有看见没有相对没有已经
获取的以外的一切
速度充满了速度放大软体的蠕动

一只瓢虫在叶子背面趴着
荫翳的房子布满叶脉的龙骨
绿是开放的也隐秘
这里面收集了夏日展开的力
过滤的阳光不断补充的强劲
仿佛应许的火不可穷尽
所游戏的只是声音
这声音还没有落到水面就不见了
听到的只是水面溅起的另一个声音
那占有的
还带着水面扬起的水花
一下子的跌落

那个紧闭的主人抛弃了无

抛弃了它里面的等待它不愿意空

成为余让的事实

就是天空含着某一颗星星

而不是吐出全部

就是紧闭的主人已经截取的那一段

或许还称得上宝贵称得上有福的承诺

已用这一段葆有了兑现

就是合住

以自己疼痛的张力重新盘剥自己

压榨咬出胳膊上的血印

或拧出一块紫色

最后连轮廓也在更具体的速度里

风化过去

就越来越刻上了消失

最后吹得什么都没有吹得

手抹上去都是干净的

这完全可以不用顾及

雨水增大还是减少倾盆还是滴灌

那溢满的尚可在节约的声音里

露出裂开的部分

觳觫的罅隙并不是故意

并不是事先张扬的安排

而是归于承接的顺从敬畏

还有比短更小的数吗

还有比瞬息更大的空间吗

还有比无更空的有吗

假如两片刻之间的突然是个重瓣单数

拒绝所有进入

好让一个还能称得上时间的东西

说一说想说的

那就要离开的失去的消逝的

曾经颤动过

(你是女人吗你真是女人

我当然是女人

你怎么就说我不是女人还怀疑我呢

我是一砸石头的女人

哦对了你们男人修路用的

我砸石头

一块石头看起来很硬在砸它的

石头上就不是那样了

在砸它的铁锤底下就不是那样了

它砸成了几瓣

下面的石头什么事也没有

砸它的铁锤也没事

砸完一块再砸一块砸完一块再砸一块

它们堆成一般大的一堆

砸它们的声音也堆成一堆一堆的

它们安静下来的时候

我摘下磨破的手套

看着我一次又一次震裂的虎口

指甲缝渗出的血）

当你突然想到你的肉体穿过光

而不是死亡的闪电

想到外面的外来的外有的

在接近你的那一刻突然迷失了你

你在那一刻就是他们了

就是那个新的存在

而原先的那个你因为给穿透了

通体地照亮了

没有一点阴暗了阴影了

甚至你所拥有过的意识由于过于透明而

陌生给隔离在另外一个你了

那种重新认识自己的冲动恢复起来

想要回到自己里面的看见

那叫作自然的本性的

我的才清晰到可以触摸

这迷失的一刻其实一直为此在持有着

即使它转换为多个不可企及的面孔

可以随时摘下随时再戴上的

那究竟是谁呢

近在咫尺还是远在天外

那个变形的变容的

那个你一直寻找它边界的

曾为不爱不可不能所预感预言的

它完全不是旧的

崭新的尽管还不是全能的

你为了见到看见已经

付出而不能赎回的

以为抱着古人的月亮就是你了

就是你必要梦的梦

就是梦中的你了

古人凝视溪水深潭的平静

那种默契唤回的亲切

那种万物都安顿在身边

谁都不去扰动谁

如同平铺开的沉思却又无有所想

其实发怒与生恨与渴爱

还有什么区别呢

还有什么比此在的容纳更宽广的

更让这生探向她的无穷

又是这样的近在

你真的还不够

因为那等资格是现在的你无法

获得的因为你还淹没着你

从来也没有一时一刻

在古人的心间走动

从倾听里获得过他们的平常

用你的眼去擦亮一颗星星

说我看见了真亮

说就连它身边的黑暗也是美丽的

因为这美不是肤浅的

因为它以具足的黑暗深邃

具足你还没有干净的

以及你的窄与小

因为你在那些诱惑过你的阴影里

曾经的以为那是真的声音

以为爱

即便是哀歌也不见得寻见了永恒

也只是不停地呼唤

不停地用一种坚定的

看见了你自己的声音的呼唤

那以为是安全的

随时都会变回本来

变回面具底下

就是你已被命名为人

赞美过歌唱过

原因是你就信了

信的远比不信的多

肉体以不存在的可见物告诉你

你就是肉体就是真的你

这就没什么可说的了

就得发动想象从你的内心

从你一直看重的内心重新开始

(超市大鱼缸里有许多种鱼

氧气泵呲呲冒着气泡

除了鱼还有须眉不让的龙虾

你踩我踏的螃蟹

选鱼是件不好拿主意的事

要看你今天吃什么主食

要紧的是一家人还是有客人

鱼一定要活的

比如清蒸鱼的眼珠就可以蹦出来

再刺啦一声烧热的油浇在它的身上

满屋子活色生香

两斤四两杀吗杀

一把沾满鱼鳞的钢丝刷照鱼头就是一击

扔在案子上就是开膛的一刀

一直开到头颅的下半部分

内脏鱼鳔耳鳃一溜烟的伙计

鱼子要吗不要泥线挑吗挑

鱼脊左右又各是一刀开口处轻轻一拨

一边用放平的刀背拍着就抽出了

装在一个黑塑料袋里交钱去吧

鱼在里面使劲地扑腾了几下）

既然聚的真相往往把它的假象给迷糊

这短暂的给出了瞬息命名

时间厘定了它如此之小的常数

它想要拉长自己的渴望却从来也没有停歇

假如你确实是从时间里面或者

说是从时间身上剪下的一段线一段有头有尾的

并且很容易找得到开始终结并以完整

以聚的形而下附庸着时间的

时间仍然是出奇的冷漠

时间在和你相处时的那种不多不少

那种叫你从心里面抽丝的不能

随时弹劾了那称为恒久的海枯的东西

那些溢出的酒沫
新居里落下的灰尘

也就在这个看起来从恒定中剥离出来的
升起过许多鼓舞
至少那条给过于强大的压缩到一个
小点的你有机会还原自己
还原回一个展开的空间
如同回到真实的世界
你俨然是一个醒目自己的路标
用两个相反的箭头指出过去未来
季节是等分的
不光用形态标明各自的界限还用颜色
还用不容易听到的往往在日常声音底下的声音
那和看紧紧联系在一起的
不是蜻蜓与水面的关系

可你不能用太阳系的遥望看待眼前
它们巨大的呈现并不增加你想要恒守的信心
因为它们看似静止的秩序
那看似凝固成一幅巨画的图像

言说着渺小是如何给打回短暂从而使你

一下子更虚无了

一下子经验了那什么也没有什么都有的空

你把头颅窝回到胸口问自己

真是这样吗

真是你的存在的尺度限定的你吗

在这个存在的尺度内

给肉体填满了的生龙活虎的尺度

因为想的永动一直处于一个相对的地位

因为想看起来不死明灭的

只是想不到不可想的

因为想的专制不会轻易地禅让给爱

或不爱

那称为自由的不自由

其实你从一开始就以给自己预定好装进

自己的棺椁

不管你曾带着搅动世界的风暴

还是吹过脚面的微风

散的必由抛弃了辩证抛弃了那

不可毁坏的秩序用

律法铁血的用你的无法挽留

不能说你吃着好吃着你爱着做爱着

就是不散的你了就是

用更多分类的细读的情感情绪

修饰你的如迷

它们过分的包装使你忘了你还是不是你

是不是张开眼又闭上的你

那个暂住的

给时间羁押的

这恒久的并不去解构你的肢体器官

也不去结构你的精神现象

更没有野心宣传虚无的至上法则

那重新跌回到肉体里的感觉

这瞬息以敞开的

以从来没有的封建封闭

朝向无尽

朝向那个你眺望的真实

那有水的有新的空气新的植被

新的动物新的你

她们不能用现成的已经腐烂的看起来
像个笑话的词阐释

把虹放在云彩中

《圣经·旧约·创世纪9》：神与挪亚立约："我把虹放在云彩中，这就可作我与地立约的记号了。"

序 诗

有一天　一个人看见世界的一个小孔
你从里面看下去　看下去看下去
你再往下看　你看见一个黑洞
无数黑洞藏在这个黑洞里面

那是故事　是故事就得给故事一个故事
故事是什么呢　是一些说故事的人说故事
说这个故事不是那个故事　说这个故事
就是今后的故事　说故事的舔了舔嘴唇说
这是你们千万不要忘记的故事

被造的那人高大庄严　手里握着权杖
你看他的时候总是逆光
乃至你永远也看不清他的面孔
他说一不二 从不认错
别人的头必须为他一再低下

大神看到天下不是一人想得　就派了
另一个　还让他们相互争斗　还让无数的
生灵为其所用　大地上一会儿这片被血染红
一会儿那片被血染红　最后终有一胜者
并宣告　为他而死的分成英雄和敌人

一个强盗说把你的东西给我
你知道他是强盗　一个朋友说把你的
东西给我　你知道他是朋友
几个找你谈话的人说　把你的东西
给我们　你从来没有想到

于是　他们谁也没能看见王
眼睛后面的那张网　他们说话的声音
越来越大　说着说着　人的头顶
一小块朝霞变成合在一起的乌云

新《雅歌》是怎么唱来着　愿你吸引我
我们就快跑　跟随你　我们知你不是
我们　我们一代一代练习顺着鳞的方向
顺着鳞的方向我们一代一代跟随你

即使你的脖颈有戗起来的胜过刀刃

面具是个很好的东西　没有比
喜好面具这个喜好更喜好的了
时间喜欢它的谜语　动物喜欢它的好奇
那人　哦听着　那人喜欢它的后面

那么多的人管不了一个人那是因为
一个人能管那么多的人　来　靠近些
这是因为那么多人怕没有这个人
那么多人怕只有这个人

接着　大神还不满意　就给那人
不可战胜的意志　还必须让周围的将其以神看待
他说你是谁你就是谁　他说你活着你就活着
就这样他所统治的世界再也没有安宁

这回为难了　怎么会是这样会是这样呢
你们应该看见的是方舟　是一条大船
怎么会是这样呢　那人怎么会在
这张庞大的床上成为你们的舵手

过了一些时辰　黑云又开始聚集　闪电
在它的里面外面不停闪耀　听话的
不听话的开始明争暗吵　雷的声音越来
越大　闪电也越来越刺眼　听话的不听话的
都看到又一个巨大的车轮碾过众人头顶

王带我进了内室　后来我被一脚踹下了床
我说我们献给你的一切都是我们心甘情愿
我知道我们很荣幸　我甚至知道这是最最的
幸福和秘密　此时我抬头看到王的眼睛
闪出父的光芒　这都是子民们从来没有见过的

结果　就把结果子的树去掉了　又把
长翅膀的孩子也去掉了　还有蛇
造他们时也没分白天黑夜　所以天空
也去掉了　稍停了一会儿　那人也去掉了
这下你可以诗意地想象了

有时候神也叹息　我是从哪生出来的呢
凡是生出来的就是必死的　他摇了摇头

他坚信神不是生出来的　他信明天
因为今天的一切都在为神准备着

因此　另一个故事就更有意思了　关于驴的
那人就郑重其事地说　对于拉磨的驴
眼睛还有用吗　只要它每时每刻围着磨盘
只要不给它卸掉身上的负担　饿了给它些吃的
但不能让它吃饱　什么也看不见就是最好的

一天　一只狗看着天空对旁边的羔羊说
你哭吧　一定要很伤心地哭
不要说其他的　不要咩咩地叫
像我这样看着天空　像我这样对着日头

你还看见什么呢　没有一块黑比另一块黑
不黑的　每个人都是这黑里面的一个点
神也是黑的　那人也是黑的　看见的
看不见的　活着的死去的

人类这个骑黑马的勇士　每一次
越过自己就被等待的深渊拉下

就这样　每拉下一次就越过一次自己
蹚过自己的血水白骨重复不停
不管是太阳变黑月亮变红

在难得的平静夹缝里　高贵的平庸的
富有的贫穷的智慧的愚蠢的大人物小人物
男的女的老的少的都会在内心仰望祈祷
我们背叛的是我们自己　那人不得惩罚

嗳　终有一天树木会干枯
更不用说种子果实　大鱼小鸟
发光的不发光的　分不清空气和水
人不知都到哪里去了
第某日　上帝再没有安息过

大日食

1

树洞长在树的

五岔路口

火山死去

树洞没有火

树干上的纹路裂开树皮

占卜岁月

那些沟沟壑壑

填满了阴影

它们绕开树疖

树疖的孤岛水流湍急

树干上有好多孤岛

星团一样无声

无息

树冠的动静

都落在树洞里了

灰或黑的

2

星期六的孩子

还没做了礼拜天城堡的主人

节日礼花

就一层层落在地上

比赶集还多的

脚印

比脚印还多的影子卷进

旋转的扫帚里

比鸟粪多的污水

处理过海水

洗净了履带玩具啃噬

地面时野兽的喘息

更多的是鞋

是比鞋还多的鞋

所有轮子

向一种目光致敬

3

密林属于巫师的领地

她借助一只魔笛

牙齿的咒语

引路的人是个

跛着左脚的白胡子少年

只要那声音落下就有

毒蘑菇遍地

拄着拐杖的独角兽

本是她的邻居

现在要用褪了色的肖像

书写传记

红眉毛金刚盲目

它的手心仍在喷火

流星雨欢呼精灵们的幽暗

一棵树披头散发

准备建立自己

4

空气的暗流旋转

一座房子

海面升起呼吸

墙是平的

天花板也是平的

阴角藏着虚无

阳角的刀刃

垂直暴力

地板悬空

找到大地的根基

但这房子的龙骨

风穿透

一艘船庞大

山的稳固

尽管这空气来自死亡的

潮汐

5

金轮滚动的世界

金人金马金街

金砖的宫殿墓穴

金娃娃的金色摇篮

金树金枝金叶

金梦的金房子住着

金盘金碗金碟

金手指的金钥匙缠绕

金表的金链

金头盔戴好了金面具

金眼睛的金嘴巴

金笔金字金匾

金山金水的金桥

金雨金风金雷的金闪电

金太阳的金号角

吹遍了一切

6

夜的十字钉着

日月

狗尾巴草鸡冠花

孔雀毛

狮子吼猫咪叫

神兽的气泡

住着麒麟鬼

莽龙袍

红嘴的仙鹤喇嘛号

人皮披着虎皮

牛头戴着马面

萤火就是磷火的广袖乱舞

看天的打着瞌睡

看云的

假装消闲

稻草人长跪不起

7

秋天

在幽灵里盛大

披着向日葵

最后的高光

当结果

攥紧手里的果实

当绿色从掌心褪去

整个季节

把自己的空壳

扔给时间

当午后的麻木等待

傍晚的昏聩

当天亮前的雨点乱弹

沉睡的玻璃

一个新的节日

从头浇灌

8

云的王冠

汉白玉垂直

黑柏油

展开秃鹫的羽翼

花岗岩缝隙

排列错乱的十字

一堵墙的天空

横卧琉璃瓦

金顶

拱起的广角

大理石支撑铁幕的穹窿

人们倾斜

倾斜的人们栽满了

金属栏杆

一行黑夜的树

编织荆棘

9

七月的大树点着了

火把

风静静燃烧

直到臃肿的绿色枯萎

沥青汹涌的流火涌向城市的

各个角落

涌向天的尽头

没有比雷声更大的声音了

云集合起来

闪电在它的广场街舞

这是七月

蝉的聒噪不分昼夜

它们的翅膀迷惑了天使

庞大而华丽

它们的声音撒下网

占领空气

10

夹在火钳中的落日

烧红的玻璃球

看似的停顿

还沉浸在过去不倦的

游戏

风景没有风景

光是一艘下沉的巨轮

石头的身上流下

血色弥漫

看不清大地

葡萄酒过期的浑浊涌出彤云的

内部

黄金人起立欢呼

时间苍茫

梦的混沌融入

无边的涣散

11

黑披风的乌鸦

有着缪斯的眼神

毛毛雨的方队

掠过云影

瓢虫开着冒烟的装甲车

它们不适应注目

猫步的T台

躺倒的两棵树裸体

呼吸主人的肺

一只公鸡在日头里练习嗓子

画了一只更大的鸟

平地雷声

海拔绝命

狐狸拖着辫阄的尾巴

舌头就要开花了

大鹅掉了下来

12

不的世界摆满

是的椅子

小心的家具

面具道具工具

四条腿

没长尾巴

爬过来的意象

死的活的

分类分级分别经史子集

椅子越来越多

越搬越多

凌空的摔下来的

拥的挤的

手工的流水线的

传下来的

还在描绘的

13

光

就要落下

无数的影子

拉长

贴紧了地面

它们还在往前探着

越往前探

那个殷红的夹角

就会越暗

天空还在变幻

沉云铁青

又一场看不见的暴雨

不知下在哪里

一阵惊喜的彩虹

划过了

巨大手势

14

无头的夜

鼓着磐石胸肌

爪子没有

边际

锋利的闪光

盲目眼睛

天空撑开四角

牢牢钉死

无字碑转动白天的

转动一粒骰子

尘土吹开了沙粒

吹开

泡沫骨灰僵尸

夜的工作工作黑

嗡嗡的不说话

也没有歌

15

扎紧鱼鹰喉咙的

手伸出

渔夫

黑衣斗笠倒映

弹簧人影

水面的镜子变幻溅起的水花

网是看不见的秘密

捕捉波浪

它们绑在长长的竹杠上

放牧

闭着嘴沉思

当它们以驯养的高度潜入水中

吐出的猎物

濒死文字

它们也叫水老鸦

文明的鸬鹚

16

悬起的花园

戴着同花顺假面

反射死亡事物

冬天的雪

沉默语言

如果它们明亮

黑暗就必须

俱足黑暗

如果雪的铃声

弥撒耳语

太阳的裹尸布就会

缠紧独轮

直立的黑暗不仅

直立

而且行走

并舞于夜的中心

路　标

人们找到开始这个词的时候

是在爱琴海的边上

它很有意思

一开始就和人们紧紧连在了一起

那些发端打开引导很快

就吸附到命令权力主宰的身上

最初井然的世界开始无序

荷马活在史诗的田园里

希罗多德和品达却发现了另一个真理

家园其实就是国家

结果一位给放逐客死他乡

另一位一边唱着颂歌

一边品尝舌头上的蜂蜜

这下俄狄浦斯就什么也不需要了

王冠女人大臣百姓对他来说都是些什么呢

他只需要相信

相信那是他的父亲母亲

相信那是真实相信就是真实

相信是从骨子里长出来的

相信骨子里长出来的真实

人们的迷失

从此开始

然而所幸的是唯物主义的诞生

这些诗人们以伟大女性非凡的身份

（有人说每个写作的女人

都只是幸存者

还有人说她们天生是缺乏某种品质的

不完满的人）

尽管她们有时候也偏狭执拗

甚至于极端决绝

但她们还是从容地成为亚里士多德那个不动的第一者

护佑着真理和死亡

当她们以母亲

以母亲遥远的声音长久回响

那持续的运动循环往复

但最根本的还是引力问题

（牛顿的那只苹果梦见了上帝）

假如永恒真的在火星上永恒

假如它为了这个无法检验的标准

曾戴着冰盖头盔扬起过战神的尘沙

人们的想象就会进一步膨胀

这滴悬在太阳身边的

血珠

以不变的法则摆动天空

它那虚虚火苗始终迷惑人们的眼睛

不是从西向东就是从东向西

于是那个借给世界斧子的人先把自己剖开

伙计们看着我看着我

我的心还在跳呢

它也是你的心你们的心

如果它吓着了你

你就干脆闭上眼睛

不要看我颤抖你也颤抖

不要看着我的双手沾满鲜血你也想沾满

千万不要忘了你手里拿着的那把斧子

是我借给的

只不过我从别人那里借来时

看见他的手也鲜血淋淋

这可不是什么象征性交换

在两条线索面前也会有祈祷之声出现

（咏叹后的宣叙令人动容）能不能让我们再宽大一些

好安置我们自己

世界越过世界是个瞎子

更多的脸回炉打造看不见的面具

沉重的迷误仿佛送葬的影子不愿在人的内心散去

被禁止的秘密不该用语言触及

现在很奇怪

我怎么又成了你们的向导

（虽然我曾困惑于突然的灵感

困惑于想叫一个人不能活

是从什么时候开始

后来是一群甚或一个阶级

可以肯定那不是我的发明

我只不过像继承家族遗产那样

继承了这份永不拆封的档案

有时候世界继承真理也是如此

我知道这只是某种自我安慰

我在冥冥中寻找答案

最初一定是最初

是因为什么才能不叫一个人的他们活呢

我真的失眠了

没想到这个问题不经意间如此重要）

人们无法预见什么就像人们的再一次看见

这一天注定一个国王要死

这一天一个两岁的孩子

活活地给碾压了两次

而站在舞台追光里的家伙

用朗诵诗的声音对着刀刃说

你是我的朋友

是的是的你是我的朋友

你昨天还是我的朋友

全世界都知道咱们是朋友

咱们昨天还是朋友

昨天的朋友

追光一闪切换到了刀刃这边

是的是的

我承认你说得一点也没错

但那要看我的把柄现在握在谁的手里

崩溃的台词终于打开镜头

还有比感谢今天的进步更值得

感谢的吗

你的声音图像能活在另一个空间

能给播放上传复制收藏

能自己看见也让更多的别人欣赏围观

看看剩下的文字吧

它们苍白孱弱

它们让你过分消费你的想象

比如对惨不忍睹的描述

对各式各样的死亡

远不如一段视频几张照片

如果这世界还懂得满足

如果懂得满足还是这个世界残留的一种美德

它就会对不断给自己进食金钱的主人

承诺

在粮食和水面前

我不会再摇尾巴了

我想要的是你们造币的芯片

哪怕那只是虚拟的数字

唉童话的卡通看见音配像

狮子王借助魔术师的手

变幻划痕累累的明天

合伙人为某个主义分赃不停

和平靶心被聚焦的镜头一再射穿

每一条新闻都是最新的新闻

每一条新闻都不是新闻

一张脸搓开另一张脸的偷看别人是几个点

圣诞老人正在反复捯饬着自己

准备再一次潜入虚构的烟囱

孩子们放弃了梦中雪橇

骑着纸鹤周游废墟

(时候不多了

不多了

时候不多了

时候不多了时候不多了

时候不多了不多了

不多了不多了

时候不多了

不多了不多了

不多了时候不多了

时候不多了时候不多了

不多了时候不多了

不多了

不多了不多了

时候不多了

不多了不多了不多了）

人们慌了

人们都想守住各自的身份

一种说不清的抑郁症排在了所有要命的疾病前面

人们为到底这是怎么了痛苦不堪

感到荒原的逼近

（谁让我们的死蒙福

谁就是我们灵魂的统治者）

人们开始救赎

人们又想回到开始了

（据学者们最新推断

火星人有可能在火星上存在过

他们的消失来自一场核武器的侵袭）

尽管如此

科学总是先行一步

它的手穿过太空伸向人们

（就像从来没瞧见过的上帝的脚）

喂世界屋檐下的同类

可爱的灵魂

你可是看不见的

暗物质

现在大气层的下面找不到你

你是不是在茫茫宇宙

是不是需用一种叫作仪器的东西追踪探测

等着你流星一样

划过众人心头

这听起来多像一场古老对话

而彼时的柏拉图正在请教苏格拉底呢

亲爱的老师您说人为什么要长眼睛

苏格拉底用手抹了抹掉在胸前的面包渣

看着柏拉图没有说话

柏拉图又要开口

苏格拉底嘘嘘地制止了他

老鼠咬得时间吱吱作响

苏格拉底一直看着柏拉图平静如水

他们的影子悄悄移动

后来苏格拉底好像从很远的地方回来收住目光

你可知道斯芬克斯为什么会跳崖吗

听着

因为眼睛

因为那个还睁着眼的俄狄浦斯

看见了他是人

先知们处理日常事务的时候从来不动声色

如同时间的探头伸进黑暗

照亮人们的黑暗

大地依然光芒万丈

天空依然群星闪烁

黑夜翻了个身就是白天

而这些德行

从来就没有停止地流向未来

就在我们准备倾听众神的合唱

好减轻降调的悲哀绝望

一位哲人用两只烟斗调侃这个世界

并推翻了人们对他的所有假设

比如说他正躺在精神病院

（也许因为去上帝那儿上访

遭到不明身份的人遣返关在里面）

比如说他真的开始疯癫

神志却还留在那个叫作自由的那里

（他不承认一位诗人的说法

我们的健康就是疾病

他说他只是为了看清父的形象）

比如正好有一面铁栅的窗户正好

面对咆哮的大海

比如高大的医生给他注射了镇静剂

孤独地睡去又平静地醒来

(贴着心脏的激情波澜不惊

哦大海如此的宽容宽阔

它的海平线永远向下弯曲

这谦逊的品质使伟大显得渺小

甚至可怜卑鄙

你的深蓝是我秘密的思想)

人们就会看见一个休息好的士兵

重新站起

也恰当此时

那从天上下来的响声

一阵大风吹过

你听你们听

(两匹马从遥远一路奔来

神在驾驭

神的目的就是目的

他知道万物不能后退的原理

两匹马从人群的头顶

奔腾而过

地平线两滴衔不住

的水珠

更多的马从四面八方

向着它们奔来

人群的头顶雷声隆隆

我们知道我们知道

万物不能后退的原理

我们都知道我们都知道

万物不能后退）

看那看那

舌头上的火焰落在各人头上

时　辰

大风吹下广告牌砸的手拉宠物狗的
一死一伤狗却毛发未损的
那一刻好像有什么东西从很远的地方抛过来
陨石般落在我的身体里
第二天　我坐地铁转公交在昨天出事的
那个点赶到了现场　现场是个小广场广场的主人
是商场商场的墙好像城墙
上面挂着许多巨大的广告牌　其中一块空了
广场人来人往　商场的人们进进出出
贴着城墙的底下拉起几十米的黄色警戒线
我在那儿走走停停直到自己的影子
快正南正北　抬头愣愣地看看
坐着公交转地铁回家了

狗的命到底多大　我有点神秘的恐惧
反正是人死了伤了狗毛发未损
网上疯传　秒拍的那只狗眼神淡定

但眼睛以下的表情很矛盾
比如嘴巴仰到一个不安的角度　鼻翼翕动的节奏
透露出些许的紧张　然后是围观的人们
举着手机拍照　幸亏没有闪光　不然
它会又多出一种什么样呢

这个沸沸扬扬的事件发生在古时候的午时
是两个点之间　恰好给人们留下了想象的空间
如果换算成现在的　精确到
秒针分针时针压迫在一起　这件事就像一个
压缩文件了　打开它就是时针分针秒针
绕着圈地传播

但午时确实叫我浮想　它和生的关系联系到死
比如午时三刻　大明以前是百刻制时
一刻是14.4分推算下来应该是11：43.2分
到57.6分　大清的漏刻是九十六刻制时
一刻15分　午时三刻应该是11：45分到12点
总之都往正中间靠

狗毛发未损　人一死一伤　这个点儿蹊跷也可怕

再看看太阳热辣辣的不叫你睁眼

几十年前　我住的那条小巷子和另一条小路

交叉处的一棵歪脖树吊着一只头朝下的狗

时间属于黄昏的那种

放学的孩子很多大人们还没下班

狗的嘴里流着血水　头底下的土地一堆黏稠

边缘发紫　狗的主人不知哪里去了

等我蹲下来看狗的时候

恰好从同伴们腿的缝隙看见不远处

灰砖门洞里有个大人在抽烟　其实他也在

往这边看呢　只是门洞的一侧切开了他的身影

狗的肚子很大一鼓一鼓的　肚皮上的血管

树根一样　狗身上的皮毛欻茬着

有几块斑秃了　皮毛下一缕缕血印

渗出的血有的结了痂　我还想顺着缝隙看看那个大人

门洞空了　我还是盯着　果然有烟散出

围观的孩子们没一个嚷嚷的　出奇的安静

狗还没翻出白眼　眼睛湿润浑浊

我看它们的时候好像它们已经看着我了

我有点心慌　它们传过来的呆滞里面有人发冷的东西

但那很微弱渐渐地褪向眼睛的后面

我感到那是火　和我现在想起来的一样
吊了几天的狗死了　这一次大人们也围了过来
就听见有人说这家伙真耐死死了几天才死了
黄昏离黑夜很近　不用翻墙就到了
我们小孩子早早地被大人叫回去
回到家就想狗　鼻子底下一股一股的狗腥气
有很长一段时间我们都不敢在那儿玩
虽然　那是小街窄巷的一个小小的广场

夜半子时我梦见它们的那个白天眼皮脸皮
不停乱跳好像行走的闪电
先是那只大狗一边哭一边诉说着它的遭遇
然后是那只小狗　一句话也没说
影子一样从镜子里窜了出去

我死得太难了　你都看见了
可是我死了以后几十年都没有转生　人道畜道
都不要我　孤魂野鬼到处游荡
要是当初死了被我的主人剥了皮就好了
主人当时是有过这个想法的　他想用我的皮
做一条褥子给他的老母亲铺在炕上

后来打狗运动管事的不让就把我和其他的同伴
都拉到野外倒进土沟里
要是当初把我们埋了也就好了　人讲究个
入土为安　好歹我们也活过一场
因为我是头朝下死的　我的魂儿就把天当地
地当天了　我想　要是有一天转生
死的时候说啥也要头朝上
说啥也要让我的新主人把我埋了
可是眼下我的主人给砸得一死一伤
看来我又要流浪了

天空的样式

世界在语言里生死

月亮太阳烧成圆的
四季的严密胜过组织
万劫的一劫
就是人类百分之百的概率
哦悬崖勒住了大海
潮汐涌向天边
狼群狗市虎豹熊罴
世界在语言里生死

一万棵树写不出一句诗
小鲜肉的思想
描金的描金染绿的染绿
一点粉红引来瓢泼的大雨
干枯大地
肉体都做了美容代理没有翅膀的天使

梅花不行了菊花不行了

水灯笼提着血灯笼

世界在语言里生死

南山没有终结在南山

只是往北模糊了一度

神仙们就活了

好大的雪啊封住城市的眼睛

比梦空且白

天蓝得足以叫心蹦出来

另一个梦里奔跑

松树竹子在茅屋的被窝抱团取暖

一缕青烟扯断白天黑夜

世界在语言里生死

语言不停地咳嗽证明自己还活着

某一次的咯血

让哲学家重新翻看压在箱底的观念

考古的人敲打纸上的笔画

侏罗纪还是白垩纪

蜂蜜桃花玫瑰

谷仓天生地用来藏粮食
字典是石头的城堡

播种收割毁灭
一张犁开着农场的拖拉机
拿鞭子的右手换了左手
时间皱褶填满大脑的黑暗
标点符号多余的种族
战争只是一种看得见的屠杀
更多的死亡在眼睛里
风景的地图插上小彩旗
占领天堂地狱

面包的道德发酵伦理
当它们还在树上无知
但更早的无名果
虚构智慧
人在人里面活着多难啊
不是恐惧开始
就是战栗结束
人大于动物

小于自己

语言是永恒的情欲

万物生根发芽

草在它的根部痛苦在草尖上快乐

蚂蚁在它们的地下宫殿

供奉王后

啄木鸟仍保持着大树的亲密关系

企鹅保护孩子的方法

来自暴风雪的启示

一只豹跟踪着猎物无声无息

糖葫芦爆米花羊肉串口香胶

降低了古老的尺度

英雄广场烧烤一大群石头

咖啡馆的灯光声音很低

放慢的语速夹杂停顿

这不是个酒说了算的时代

热情的愤怒还在搅拌稀释

过于喧嚣的午夜磨牙打着沉重的哈欠

细碎又震耳欲聋

世界在语言里生死

舵手的比喻早已过了词的保质期

未来的形容必须带上手套

防止现实的感染

做一个无菌的人吧

病毒总是带着超现实主义的魔幻

实验室里正在研发新的超人

并赋予拯救的使命

地球是一个乱蹦的皮球

相对论的死结在于相对

火活到水就没了

可习惯的逻辑不肯开具人间证明

盘旋的鹰喜欢天葬

骨灰瓮作为寂灭的意象成了生命的

另一个开放门户

文字流星而入

铁树开花

爆响的声音串珠

鲈鱼啤酒豆浆骑士

五花肉的症候

就是红的不瘦肥的不白

脆骨疯长

猫跟狗嚼起来都很舒服

砧板的韧性变成塑料

刀必须管制

这是厨房的规矩

只要它连成词组句子

一个国王寻找丢失的孩子

辨认的特征就是听话

九个还不算

十个满意

窄门只能窄到一个人挤得疼痛进出

挑灯的划了界线

听话的都进天国了

不听话的

谁也不能说不是

世界在语言里生死

等在外面的孩子等在黑暗中

语言走在但丁的前面

孩子们手里的灯

照着背后

世界以沉默的影子巨大

影子的沉默

一堵墙嘤嘤哭泣

缝隙里的草小心的绿

头生来是低头的没了

腰弯在腰里的折断

水龙头流出几千年的阴影

滚滚人物

风流不尽

洗面具的大江大河呀

小便器的泉眼瀑布呀

鬼吹灯吸血鬼

红墙红楼红梦

桃花源穿过了桃花洞

理想国走过了地狱门

巴别塔PK建木

神来了人不想让走

劳动在语言里吧

不管是做一个先知

还是马夫

不管是无产阶级

还是资本主义

打破吉尼斯纪录的是一锅

煮沸了的大头靴炮弹皮

骷髅头橄榄枝鸽子肉的砖头瓦块

在颁奖的关键时刻

撒下云计算的

两千吨花瓣一场大雪的羽毛

鲜花只能当柴了

颁奖词在枝形灯下

金光闪闪

世界在语言里生死

唐古拉的水天山的水昆仑水长白山的水

饥饿的艺术现在饥饿水

水回到矿物质

回到大自然的心脏

菩提开始活色了莲花开始生香了

上帝的手指滴下露水了

蝴蝶苍蝇敞开在琥珀的沉寂

世界在语言里生死

鲣鸟与落日

不是每一天都有一个从容的开始

（正剧的幕布垂下天鹅绒的殷红）

一本书是一块头顶的城砖

另一本也许就是铁锤

巨人已降

看似有了神明

有了圣贤有了语录箴言

从封面从目录从第一页的第一个字

你和另一个世界联系

你听到另一个世界的声音

他们活在书中打开你

他们从第一行和你说话

他们停顿跨行翻页迈过壕堑

他们让你在他们的世界匆忙成为一闪的过客

他们让你缱绻在他们的喉咙里

仿佛留恋床笫

我突然坐在记忆里

坐在慢慢蒸腾的想象中

那些活在脑子里的东西此消彼长

那些平日忽略的面孔化蝶

那些遗忘冷不防地冒出

水面长出钉子

无人广场警灯闪烁

地铁的人流炸开水坝

一颗种子引爆某个时辰

一簇蓓蕾悄然张开

交接吧

图像交给声音

声音交给词

你交给你的形式

语言在语言里耕种

收获语言

扑面的混沌

无数笔画蜂拥拆解涣散

你不知从何而去的

不知从何而来

爱以大于心灵更小的面积

黑下

隆起的五官

以从来没有的陌生起伏

它们不仅仅来自

死亡的面具

那气味

来自墓碑的茎块

光是世界的影子

它们跌跌撞撞

幽灵的出没

盲目知觉

太阳是一头团结的大蒜

它的心是铁饼

松开的光芒

拥抱黑暗

某段历史早已是一堆犬牙交错的乱码

沉浮碎片

那面藏起来的镜子

照见时光里弯曲的白骨

贴近脸的痴迷

人们曾扑上去长出三星堆的眼睛

那梦幻

朝向沉沉之夜燃烧的

油灯蜡烛

朝向刺刺作响的气体

毕剥的松明

高举的火炬

某种信仰

和一个女人打赌

赌女人的美

是你堕落的开始

一枚棋子

给了死亡两种选择

白的

属于自然

黑的告诉你另一种结束你的方式

但生命只有一次

但还有第三种

一只手的

他者

他者的剥夺

准星里的红瞄准靶心

喷溅血浆

如果尊重记忆是从一个不经意的空格

或换行

或停下来的语气

从把自己

老老实实装进一首诗里开始

如果倾听现在

是尘土落下的某个位置

是一个字一个字敲打灵魂

是把没有声音的声音

擦拭干净

你的身体就会鸣响

清澈的钟声

天空就会托起

草闪亮

流水穿过

死

秒针以心跳的律令书写沉默

时间软软披在你的身上

一些光阴留住

一些贼一样逃窜

你在人群中衰老

你在人群里年轻

远处的星丛

宇宙里的沙子

每一粒沙子都在发光

每一粒沙子都在茫茫地旋转生息

某种膨胀

某种膨胀成为黑暗底部的杠杆

某种秘密随时都会弹出

成为打开的启示

新的启示

加速崩溃的动力

世界是一架着火的梯子

每个人都跃跃欲试

你的心再勇敢些

再勇敢些

英雄主义从小走到个人主义

每一种主义都是化肥农药

每一种主义都是伤害

更多头颅喂饱主义

更多的主义饿坏肚子

一颗心大到野心失去了边际

它就是黑暗的工具

你会说世界改变一切凭什么我不能

改变世界

守望自己的人都是傻子

世界说你能改变我

还有什么不能改变

父亲之所以是父亲是因为没有父亲

父亲是围过来的四堵墙

父亲是盖在头顶上的屋顶

他说有你你就有了

他给你起个名字

你就有了名字

他说你不能光着身子

你就穿上不好意思脱下的衣裳

他说你会说话你就会说话

父亲是一座塔

你围着它飞升或掉下

围着它歌唱哑然

骑仙鹤的老者嘴里含着丹丸

骑鹰的少年心里有一把剑

他们化作星宿

它们什么也没有地明暗

许以空气水和栖居的

许以森林海和大地的

许以众人的灵魂理智和爱

当信仰是朋友亲人邻居

你即为诺言思念问候

现在一切皆无踪迹

有一种力量能把你打到厨房

打到花鸟鱼虫

打到在超市里漫不经心地挑选某种降价的蔬菜水果

打到街上摔倒了行人远远绕开

打到对灾难不幸出奇的平静

打到任何的死活都没发生

打到没有性欲

或只有性欲

打到没有愤怒

打到只想睡觉

城市长出剑麻的手臂

脑袋削尖脑袋

这无嘴的新兽哄哄嗅着

以更大的饕餮吞噬

以印刷术狂轮的速度眨眼消失

以钢筋混凝土的密集意象

以没有意义

它的里面看不见大地

那梦见蝴蝶的知道鱼的快乐

那篱笆下的菊花早已为泥

那大理石台阶上的雅典人懂得节制

那斯巴达们沐浴将临的灾难

波是藏起来的光线

每个人俘获在无形的网中看不见人

一种快

死于同一张脸的风景

当你带着翅膀穿越
（乌托邦的天空氤氲血色浪漫）
浴火的燃烧让你自生自灭
某一天的月亮是瓣美人指甲
今天的它金黄转向伟人纪念章的背面
一些星星上升到撞击地球
砸出的坑并没有破坏眼下的生态
空空空空
桥的咳嗽空洞肺部
河床再不能生育
一座山抱紧石头缓缓跑来
身体硕大骨骼结实
孤独海啸般扑向更大的孤独
上帝死了
人是他的花园
人活着上帝什么也不是

我从别人的梦中醒来
我知道天命是冥冥中一道

隐蔽的闪电

众多迷失与生俱来

被人需要与需要别人就像

你和死亡的关系

你睁开眼睛也许还在某一句诗里

看着天花板或再一次闭上

红日三竿落日将近

一束莲蓬

移动自己的干枯

我会捡起地板上的落发

我会重新拿起墩布

黄昏巨大

夜

合住

潘多拉的月光宝盒

大胡子的大师连鬓

狮子长髯

宝贝星球蓝色

压瘪了再四角折叠

装进去

摇一摇听一听

黑暗彩虹八音

老古董芭蕾

旋转镜面

法令纹的左手

放光

人的空间

多维

没有推倒的

正在推倒

推倒的东西等待

骨牌建立的

秩序

交换一粒骰子

没有永远的必然

也没有

取消不了的偶然

引力波就是一块飞毯

全世界的人坐在

上面

集体颠簸震颤

如果上帝使劲往下拽

中心的旋涡

穿越灾难

问题是

通天塔落满

乌鸦

大国有去无回

哲学家喜欢用剥洋葱的手指

剥开橘子

阐释毛细血管

一条内裤

进化到定制

谁是谁的问题迎刃

一杯咖啡搅拌沉默的

绿茶

伴侣是水

艺术家匍匐裸体

增高交响的诗

剩男的梅花盛开

牡丹剩女

西厢这边分配

按需的玫瑰

上位

好过所有好词

大海立起一堵墙

看海的人

影像

消费里面的

鱼

比起拥抱

握手很冷漠

比起触摸

按钮很低级

空气中的一个

意念

满足速度

万物互联了必须移动

星星是死的

能转的

都有生命

三是个要命的数

某种弱

裂变强大

水晶骷髅以毫米

口径

嗖嗖穿透

血族人

武装的头脑

如果不是用谎言

缔造预言

明天怎会沦陷

森林巫师骑着

独角兽

蜉蝣幽灵

血酬葡萄酒滋润

黄昏的牧神

夜光杯

摇晃长生丹

仙草水母诱惑

新的格局

养蛇的巨人

也养鸽子

如果钟敲着钟

而不是锣

如果圆号吹着圆号

加进了唢呐

燕子的尾巴拖着

两条江河喷气

鹰最厉害

猫眼

青龙白虎玄武朱雀

一根肋骨

拆迁一个男人

肉体是个投降主义者

征服肉体

火刑绞刑断头油烹车裂凌迟

枪决炮决

犬决

搅屎棍杀威棒

定海神针

耳朵造句嘴

生动过去来世现在

准确到精准

形象到无形

缪斯比大卫过时

还有夜莺

生产大运动

剩余利益

思想的流量

号召核心粉丝

多媒体自媒

猛兽的信息洪水

不过天使刚刚做完整形

摘掉的翅膀

微创

每个人节点无数个点

规则革命关系

分水岭

来自盗火

人在大脑筑巢

灵魂

归宿安静的信仰

比如灰树交叉的蓝天

填满了鸟语

花园小径

分叉村庄社区

在湖那边

手札或非诗即诗

——写给FY

Y：你发现空气的浮力吗？

X：我看见所有的物体都被引力铆在地上。

Y：那你看见语言的边际了吗？

X：我想那就是以太的界限。

Y：你梦到暗物质了吗？

X：它们永远也不被现成的将要发现的质量命名。

Y：哦，亲爱的，它们是最充分的自由体，既不接受引力的统治，也不囚禁于某个役使的维度，但它们承载着宇宙存在的物质，就像空气以自己均匀的密度赋予的浮力。它就是可见物以外的所有空间。

X：不，那是热寂后更大的虚无。

神已被众人无情地抛弃

我们在人类的精神食粮面前如同

抱紧翅膀的家禽左右刨食

承认上帝就是服从宿命
当然面包和石头的关系属于
另一个给予拒绝的领域
我们在冰与火中相生相克

作茧自缚的世界自缚作茧
崭新的陈旧陈旧崭新
借助诗意的沉沦自我舔舐

赞美诅咒的二十世纪麻风幸福
但丁再一次伟大起来
他把恶分成应有的等级
统治者跌入统治者的报应轮回

（女人是一块匿名的试金石
她们以补天的情欲鼓舞男人
生龙活虎的诱惑挑战他们的勇气
她们是神以前最鲜亮的肉体）

那些叫作科学的附庸的寄生的
不能用简单的进步堂皇加冕

也许停滞破坏毁灭更适合它们的尺寸

每一种现象不停交换机器零件
都在为组装某个庞然大物劫掠抢夺
铁幕后面讨论不断更新的游戏规则
以便饕餮是与不多与少的秘密

结构连接着解构的每一个点
老门轴转动的沉疴支撑锈蚀关节
谁知道善是不是还在崩溃的余孽

时代烙下各自不同的重要表情
时间总会施展转移涂改删除的魔法
好削弱捍卫记忆凝聚的力量
因为死亡随时休克唤醒的死亡

世界想觅得一种无漏秩序
就像诗人追求一个真埋般的比喻
读者期待一首永恒的诗

什么法则能约束这液态现实

而不是要等到最后审判来拯救
迟到的慰藉混沌疲惫心灵
那天性丧失的蒙羞的纯真

（我仍在背诵那些神话体系里
深远活泛的艺术细节
那些占星术以及推演的卜辞
一如眼前遇到的眼神亲切真实）

俯视的意志灌顶低头的仰望
更大的剥夺刀耕驯服的火种
路标指向动物园的全能

还没有学到雅典的老知识
古罗马更换了新帝国的马蹄铁
城邦打到十八层地狱的理想国
大面积奴隶胜过野兽迁徙

神干预不了神的时候杀戮就开始了
那看似强大的部分以神圣名义
公开扮演朋友敌人仇和爱

寒光迸射的征服照耀人间石头
所有短剑在它们身上锻打淬火磨砺
以至进化为枪杆子里的谶言箴语
人类新物种用消灭淘汰了自然规律

（十四行是个庸俗陈腐的形式
它把爱情装进加锁的棺椁
可我却躺在里面挥霍着想象
高高的坟头长出一株绿色玫瑰）

记忆是个最容易衰竭的器官
人体组织经常用存在的合法非法测试
但世界的物质事实世界

还有那些光芒万丈的情节
它们不仅完成比重超人的体积
同时还在不断聚集裂变能量
守恒置身于山顶晃动的坛子

再比如古罗马的松树喷泉花园

那张沙漠阴影里滚烫的床
哪个男人不在女人身上最后软下

耦合的奇迹总是由发现发明担当
东面西面的人都看见了猎户
制造出车轮的只知道比纸和笔重要
谁也想不到它们会疯狂地倒转

（诗又换上了新的护身铠甲
必须用比垃圾多的知识
必须用大脑空白雪藏的智力
才能打败进入到她苦涩的体内）

程序天生为系统这个独裁者奠基
日常生活还不能交给生活的日常
看守的幽灵警告普世常识

列王内部的时间是个要命的判官
不想死还不能放大到长生不老
问题是骨灰瓮里的标本腌制生命
鲜活的躯体循环躯体的腐烂

罪是个不能简化一笔的汉字
希腊文希伯来语不知有多少原意转义
在一个四的维度想否定自己

最初那个罪字因接近白日之王而遭取缔
至高的无法绝不能联想到无上乱纲
那些俯瞰者都是坐在云端的正襟裁决者
罪的发音属于脚底下飘浮的空气

苦与罪的唇齿相依患难兄妹
在苦里忍耐如在罪里反抗抵御
沉默的暴力胜过暴力的沉默

(我们的神秘告诉我们没有神秘
因为心被一个意念穿透
就像我们不知道在哪一个空间回生
哪一条线一粒尘埃的启死)

罪惩罚罪看见甜对苦的迷彩伪装
更大的恶才是罪的灿烂罪魁

当一张簇蔟的巨网编制盲目字典
平庸不过是修辞学发掘出的脏话

单行的善让路逆行的恶
擦肩的黑暗停下整整一个世纪
满载的绿车皮呼啸一大堆幻觉

人明灭一个单子沉浮的重力
一只无形的手准备回收撬动的支点
八万里日行的速度旋转蜂窝迷宫
上升的堕落逸出卑鄙的尺度

哦蔚蓝的星球谁在轻轻拍打
谁在用哀歌赞颂你的小小荣誉
如末日合唱我们肥大的圣咏

一群懵懂的蝌蚪庆幸幸运
那迷人神殿等待迎接的皇宫
万众欢呼诞生蜂拥的君临
以它们涌向新生的死亡献祭

火把松明的面具变幻颜值

还有尾随而来滔天的大词

马戏团击打转场的锣鼓

罪是个文字学考古学的捕鱼器

捕鱼者放声歌唱自己的无边无际

罪的声母里有真的发音标记

真和罪混淆衍生救赎的羞耻

(神的搏斗是人的终身搏斗

它考验自由的半径和强度

但软弱确实是个不停窥探的怪物

灰烬里的爱起伏侧卧的线条)

马术的娴熟驾驭射中靶心的箭术

人的亏缺应为神有偿弥补的荣誉

那责任义务身份地位享受以及拥有的

好的东西其实就是好的你我关系

当它们从人的头上飘然落地

石头的台阶走动圣贤脚印

石头地面流淌冒着热气的鲜血

许多坚硬烟消命运的承受对立
最初的血缘分支隐蔽的共同体
乌托邦的方舟出土救世主的龙骨

宽忍注释语言的无穷矛盾
只是想找到它的有限边际
其实它一直在节制抒情的广阔
试图用最小的张力深入深邃

诗人回到语言却并不安全
语言既是对话者也是倾听者
一种词的滑动摸不着水里的骨头

快感截获的美降低了善的水位
它离肉身太近离灵魂太远
当它扑扇着薄薄羽翼攫升逃离
神已不在人的里面安居

丰盈的贫乏辨认出幸福的本质

这全靠灵魂里深藏的那双眼睛
灵魂的死亡绽出我们的不死

在不自由中追问自由里的自由
在自由里自由是不是不自由
一只鸟的落体对称滑翔的溅落
人的孤岛努力展开怒放的身体

（让我在想你的时候必须想你
让你在感知我的时候天然感知
神以下的诱惑是爱的以上
我们的目光是一句最短的长诗）

大自然生产的美本来无意
她在那里显现并不是等候来者
这再自然不过的满足人的占有

天际垂垂弥漫一种卜沉的福祉
这可是巨静让渡万物升华的悲欣
人孤独人疼痛无人的痛苦
充满爱的世界充满了不爱

诗捕获诗人同时也放生诗人
明暗的晨昏好像诗与人交换某种敌意
可他们仍怀着接近神的鼓舞催促

讨论神的时候远离书本经验记忆
那明晰的有赖训练脆弱麻木的直觉
落在物体上的影子触发语言瞬间
缭乱的火花切换雪盲的耀斑

神的劳动穿过大脑的猫眼
看啊他们仍倚靠在树下吹响牧笛
身上的日月行云流水

（每一寸肌肤的鸟语花香
俘获每一个闪烁黑暗的词
当你不被思考想象叙述
你是我的礼物我是你的名字）

大地承载的失眠远远多于
伟大睡眠给予的慰藉

这好像是这颗星球的公平正义
一半必须醒着一半必须沉睡

疲惫的人手挂桃木拐杖瞭望自己
内心的荒凉升起莫名的感激
所有问题回到没有问题的床上

梦总是用抛物线照亮镜子
所有的醒却不能留住抓紧的梦境
时间漫长到没有间隙
如果有梦是最好的填充材料

梦还没有形而到可以算计的逻辑
它只是打开的团扇镜花
好伸展一下我们蜷曲的四肢

灵魂背着手在外面踱步打量
其实梦就是梦别的什么也不是
只是有时候搭在残月的弓上
更多的是坐在稳如泰山的屁股底下

我们挫败于梦却又被它耳提面命
谁知道它是不是死而不僵的百足虫
在我们体内不分昼夜地爬行

背负着睡与梦好似灵肉合一
不管我们想跑想飞或是飘浮在半空
缄默隐匿的死亡随时都会追上
如同我们正面的邂逅遭遇

我们的虚无蜕掉三叠纪的壳子
灌满的空气以爆表的加速穿越
直到那耀眼的时辰触碰环的边缘

(别叫爱长出魔幻魔鬼的舌头
赤裸的阿佛洛狄特们都是动魄惊魂
通灵就是在心上凿个窟窿
好让暖流的季风吹向浩瀚的躯体)

人是人类给出的总体意义
如同所有武器都对准我们自己
从一开始我们就不是被创造

而是失忆者的苏醒恢复

光年的发明抵消了遥望的诗绪
距离不再是念想的童年追忆的孩子
尽管我们血肉之躯是我们灵魂的河流

词与物的缝隙挤满睁大的眼睛
它们在另一只复眼里开闭
这是独角兽继承的梦想光荣
当太阳系赞美天下的齐喑

世界仍以动物的本能统治世界
最大的改变改变了最坏的名称
剩余时间淘换剩余价值

那些看不见的活动一旦呈现
掰开的牡蛎破土新的精神形式
那些看见的萝卜非人的进化记录
实际上人从来就没有人的历史

当我们渐渐老去诗才裸露出来

镜子里的面孔锐化镜子外的棱角
拉远的我们举起了双手无奈倒置

（每一天都大于你眷恋的房子
却小于你经常忽略的细细皱纹
在你面前我们不再谈火以及燃烧
一如现实的表达绕开沉重的你）

乞求者与乞援者有着背离的德行
花粉的传播者都是花朵驱逐的异乡人
跨过敌视的界限比跨过自己更难
那到来的和已经来到的不是同一个人

时间空着因为上帝一进来就会变形
因为他伸出的右手已经触发了什么
因为他的左手不知为我们准备着什么

最后的终结是完了的文明表述
最不文明的留下政治历史哲学艺术
忠实沉着严肃敏锐像人类的保镖
窗帘飞来的劫难是挡住了打开的窗户

昨天的预言家告诉我们正一天天变好
我们会拥有从来没有过的深刻的我们
我们将变得更有趣更性感更善于说出爱意

哦我们将获得神的体魄梦想不到的永生
这会让多少领袖平民富人穷人激动不已
众人一定会思考同一个迫切的问题
即将开始的不死之旅会不会改变现有存续

还有隐藏得很深的厌倦饱受道德折磨
想爱想弃的男女在另一个空间互赠互换
自由意念洞穿天鹅绒革命的自由意志

（我用这唯一的专制的爱的孤独
为你奉上一顶无花果桂冠
那准时的闯入合住三位一体的时针
冉一次转动没有星座的罗盘）

当我们嘴里念诵着盘旋的数字
另一个声音在提醒我们倒数到了几

这是冥冥中谕示的璀璨灵光
宇宙之手握不住的星芒迎向消逝

那浩渺以一帧帧的切片放慢时速
无穷的黑暗图画美丽色域
假如完整撕裂重构轰然的瓦解

通天的塔尖刺破天堂顶层
过剩与灭绝回望我们的可怜
至上的法典找不到快的刑期
即便一夜醒来大海的盐已被酸偷换

显微镜下的爱丈量麇集的博大
最初的基因也许是最终的家园
我们为什么宣告破译而不是寂然守护

热能转换预言早已排定的有序
它的体量还在膨胀无底坍缩
万类纠结于动静发布的权威定义
狭义会不会是广义丢失的钥匙

到访者将目睹新大陆的集体逃难
往返的人们是否能把闪电雷霆带去
因为另一个星球需要复制今天的原始

人类透过三色彩虹立约语言
祈祷的献词可是期许福音的证据
失去语言就像失去种子的存在
难道这已获罪沦为囚徒的背叛

创造语言的把创造的密码植入语言
各种笔画拒绝蒙住眼的封杀封闭
它的敞开大地之于天空天空之于大地

野蛮人趁着引力不停阅读经典
想着弯曲的空间重合结绳的时间
突发的灵感来自一种近乎虚构的假说
驱动语言的既不是意象也不是音乐

(诗是灵魂里飞出的蝴蝶
也是倒悬于洞穴吱吱歌唱的蝙蝠
但我更喜欢纽扣这个降临的比喻

虽然献给你的文字还不能竖排）

宇宙以圆的形态悬浮自己
运动被运动的拒绝了死亡的尖锐
滴水之环扩散波的不尽潜能

石头记

一个脆弱的音符
也许是
一次山崩地裂
石头在石头里说
我想出去

山是一个
体积
分不开的时候
是山
分开了
是石头

地球也是块石头
听说
它有过几次
不安的躁动

看见水的波浪

石头的波浪

山脉

作为一种物质

不要问石头

哪来哪去

这个问题既古老

又没有意思

不可想象的部分

是还可以想象

石头在石头里经常

做梦

石头梦见自己

一会儿头朝上一会儿

脚朝上

一会儿朝东一会儿

朝西

横过来的山

连接日出日落

竖起来的

分开昼夜

石头的梦

老是梦见石头

梦见天

也是石头

只不过把石头掏空

装进石头的呼吸

那大地是什么呢

石头铲平的石头

那岩浆呢

听说它们在石头里

经常酝酿

革命

石头在梦里发烧时

正好赶上
石头的盛大节日
石头在庆祝
石头的胜利

石头看见了火
火
火红
石头看见了
石头冒烟
石头燃烧石头
石头在石头里没有石头

当石头从沉睡中
打了个激灵
发现自己的梦
是个巨大的伤口

石头在石头写的书里面
读到过洪水
和船

石头苦闷的是

洪水和船

出土矛和盾

石头上画的

树枝

石头知道

那是在死去的石头上画的

石头长出的翅膀

还在石头里

声音是一种发现

抬起头

低下

都能听见

关于体积的解释

越来越科学

不光是描绘它的轮廓

还会把它

不停地撞击
以便获取最小的知识

石头没有分离石头的时候
石头就是石头的暗物质

石头又开始做梦
这一回
黑暗降临

石头在石头里说
我想出去
石头在石头里听见
我想出去

梯子的声音
坡道的声音

我本身就是危险
神在我的身上上上下下
后来是人

直角三角形给出的定义是
某种物体
沿着斜边的向上滚动
等于重复的失败

还有
石头构成的宇宙
永远大于石头

还有
光
不会把石头
彻底照亮

除非不是一个
光源

石头在石头里说
我想出去
石头在石头里听见

我想出去

万物
只剩石头

伊　园

我视谋犹，伊于胡底？

——《诗经·小雅·小旻》

人有三重黑暗。

——自题

果实的黑暗
生长在果实里
最外面的
那层皮
承担着平安
不安
其次才是
藏着感觉的肉质
容易充盈饱满
也容易萎缩
干瘪甚至腐烂

再往里走

才是幸福或

不幸的种子

皮

隔离

也传递

但最重要的

是保护

以一种封闭的

天职

捍卫自己

的完整

一张纸的边缘

文字

字母的

声音

色彩的

乃至空气

光的末梢

比如说
进入
它首先成为
动词
准备来到
正在的
它改变着时间
时间不再是
名词的
静止
当进入完成进入
回到已经的
曾经
时间停顿了一下
继续过去

那个停顿
以一种体积存在

一棵树

一片树林

新芽

抱紧的蓓蕾

花

一枚

小小的果实

想要长大的力量

成熟的美

的欢愉

等待的触摸

阳光

风

大地流转的气息

鸟的歌

云影

当然也有浮躁

想要成为什么的

焦虑

这些

都应许为
种子

种子回收
然后付出

太阳也是这样
收回黑暗
给予光

太阳完成这份使命
没有一点声响
虽然
这是一项
多么巨大的工作
可她安静地
输送生死

太阳是种子的种子

种子和果实

果实和种子

循环真理

当种子以一种

希望描述

果实

还在梦里

种子里面的冲动

不乏暴力的

想象

甚至会把

拱出地皮的破坏

当作新的秩序

哦亲爱的

躯干

亲爱的叶子

荫翳间的

蛛网

分叉的叶脉上漫步的小虫

哦亲爱的

巢穴

音符般的蚂蚁

翅膀的影子

眨动的警惕的眼睛

鹰

或蛇

果实的

邻居

毛细血管的根

履行每一个

时辰的

义务

果园浮动一片绯红

露珠的问候

很短暂

它知道早晨的

匆忙

尽管露珠

度过了

一夜星光

过分的睡眠

过分的

寂寥

似乎告诫它

沉醉的

危险

那就献身虚无吧

果实凝视它的时候

什么也没有

感受空气的

强大

是通过整个树冠

摇摆的

尺度

这样的风景

比起内心冲突

还算平静

不过

众多果实的夭折跌落

确实是一场

灾难

皮外伤

只是表面

果肉里的

疼痛

才真的痛苦

也许果实里面的

籽

还在孕期

还在想着某一天

再去

开花结果

水气弥漫的气氛

招惹幻想

看不清

似乎是一种不好也不坏的

精神状态

这还隐含着

声音的

似有似无

直到演绎为听不见

沉默

是无边的

不想说

坚定

隔壁的山水

隔世地

画着

留出的空白

不干别的

只给空气

那一阵子

果实总是生发出

许多意象

但最醒目的

是果实里面的籽是

果肉的

星座

籽

也可命名为

果仁

果仁的外面

叫果壳

它的黑暗

更坚硬

之于果皮

果肉的空间远远大于

果仁

离中心越近

黑暗的密度

越大

光如何穿过

果肉

抵达果实的心脏

好让它

抵御一生的

黑暗

这是个

果实回答不了的问题

果皮和果壳

看起来的

两道防线

果肉靠着自身的

成熟

靠着自身

渐渐的丰满

容纳着

黑暗

也在抵抗

排斥

它在一天天成长

黑暗也在

一天天深入

果仁也是

从一数到

春天

从秋天回到

一

结果

是

结果

大块行走的

云

翻卷内部

变换的神秘

诡异

那些升腾涌动的

力量

剥开自己

碰撞自己

推翻自己

吞噬自己

一只蝎子

昂首挺胸

油光锃亮

无名的花

小到很小

也许是最早的一片落叶

不黄

还很绿

叶脉里的汁液

奔涌冲动

这时候的世界

弧线

多余直线

圆形

多余棱角

大地的气息
沿着
打磨过的
轮廓
悄然流动

一种巨静放光
并衍射

果壳里的果仁
等待爆破

圣 礼

诱惑者的诗
迎来语言的救赎
它的动力
来自刚刚觉醒的羞耻

丰沛与贫乏
在一双渐趋年老的手中
变着猜测迟疑
的魔术

森林在某个偏远地方
如同很近的公园
它的寂静
收复不了汽油的呼啸

四季仍然不多不少
切割自己的蛋糕

假如它们真的旋转
就会看见阳光的手指

叶子花朵维系
生死契约
如果开放是一个诺言
凋敝也是真理

你生下来
并不知道祈祷
现在
它正从耀眼的黑暗走来

许多人劳作在
语言的边缘
用词语法激情理智
建造栖身的房子

美好的邻居
散步于分岔小径
相遇时是否问一声

早上好或晚安

天空带给人们的沉思
抖动声音光芒
那些发亮的线仿佛
召唤亡灵

一句诗在呼吸
证明你不是
在一面镜子里
误会昨天的影子

你和语言的关系
超过了简体繁体
即使记忆
过早地老去

逻辑顺从逻辑
忍冬花还是缠枝莲
悬钩子
还是接骨木

希望绝望精神肉体

有一个声音

擦肩而过

你不要认出我

这就如同

辨认谷物罂粟的

果实

血和酒

其实星光

并不因为你

走向山顶

会增加它的亮度

有时语言的混沌

混淆某种强大力量

它的盲目

比要有光抒情

当我跟你说话
你的本质没有
区别在于
给我更大的孤独

是鸟儿
不是鹰
它的翅膀
合拢一条伸向云端的河

新月盛满新酒
这简单的意象时而
游戏时而庄重
好像字典里的民主自由

曼陀罗

1518年马基雅维利

写出了《曼陀罗》

他笔下的曼陀罗不是催眠

也不是催情

而是助孕

诡异的是

吃了它的女子

第一个和她做爱的男人

会被毒死

马基雅维利还嫌不够

他要黑色到底

找一位替死鬼拔毒

这还不算

在同意不同意和第三者同床的

游戏间

马基雅维利把修辞的魔力

发挥到顶点

充满说服的政治

同床成了一个国家的

政事

在序幕中

马基雅维利说他只是想

娱乐娱乐大家

而不是引诱

对于引诱这个词

他解释说那是他在乡间隐居时的

捕鸟活动

他的说服者们

或者引诱者

不是薄迦丘假扮天使

或是以驱魔为名的通奸者

他在给朋友的回信里说

薄迦丘说得对

做了再后悔

总比后悔不做好

历史总是被后人预言

老虎牙长出高大的罗马柱

写诗的写戏的画画的

巨人们小得可怜

1513年他蹲了几个月监狱

出狱后

回到父亲留下的农庄

捕鸟砍柴读情诗

喝酒打牌打架

晚上却庄重庄严起来

埋头古人古书

和他们对话

在《曼陀罗》的开场诗里

他表达了自己

因为再也没有他的

用武之地

他曾经的辛劳没有得到偿报

这是他的真话

但他在给另一友人的信中

是这样写的

我从来不把我的信念说出

也从来不信我自己说出的话

如果我发现

我自己说了真话

就会用大量的假话将它

淹没

让谁也找不到蛛丝马迹

1521年5月17日

岁　末

灵魂是用来安置人的

人却安置不了灵魂

耶稣的死

安置了耶稣

他的灵魂想要安置人

灵魂这个容器

血和酒

在人的身体里交换

还有星光

黑暗

人在灵魂里浩浩荡荡

也在里面生如

草芥

蚂蚁蛆虫

腐肉入泥

但死确实把灵魂

装得满满的

溢出部分

才永生

可一幅画

总是在一幅画里

剩下的

只能想象

苏格拉底平静地接过那碗

毒酒

夏日的夜晚

已经降临

他对这愉快的离去

做了简短祷告

因为毒药的剂量

不准许他长时间地

对死感恩

一饮而尽后

他要按照狱官的指导

在房间里来回走动

直到双脚

开始感到沉重

他躺下

等待麻木向心脏扩散

一阵沉默

这位七十多岁的老人掀开

盖在头上的草荐

请求他朋友

我们欠阿斯库勒比乌斯

一只公鸡

不要忘了还这个愿

一阵痉挛后

他的生命离去

克里托为他合上了双眼和嘴

如歌的行板

八月密热

绝望

早春的桃花

卷心菜的第九层

裹着剧烈农药

养鸟人

喂食揪下翅膀的

知了

雨瓢泼

运来天低云厚的水墨

出土意象

冲洗秒拍的底片

饱腹的鱼等待某个

集体声音

重返张开的网

石头的影子

暗室饲虎

翻飞磷火的粉蝶

下水道仍在反臭

闷雷独角

还没有完全打败云层里的

怪兽

舞爪的图腾

铁幕的闪电

八月

风藏在

绣花的锦囊

喜鹊在高压线上

数着乌鸦

暗下来的脊瓦

落满灼灼槐花

石臼里

坐着捣碎的月亮

左一片蛙鸣

芭蕉残荷

右一声晚钟

船已去岸

台风眼拔起连根大树

红色的预警

排列盾牌

团结紧密的

铁栅

某一粒微响

拔节青翠的松塔

某一绺光

生下来就虚无黯淡

这密热的八月

思想也许灌浆也许

结果无果

密集的身体表演倒伏

芭蕾踢踏

无厘头的怪咖

摇滚圣乐

蓝调草绿然后紫红

合唱的重金属

迷幻

脑细胞在广场舞里

再一次疯狂

小生活的软体

神头鬼脸

黑夜是个巨大的盲人

缀满硬币灯火

稻草人的爱

旋转空心

转基因就是转基因

不用三皇五帝

卷起灰色的高音喇叭

架在屋顶树杈

八月

是一张挂在腰间的词牌

形迹可疑的人

以为出宫的通牒

永遇乐邂逅

声声慢

沁园春欢呼满江红

后庭花不如

忆君王相见欢

昭君怨

最高楼浑水摸鱼儿

寒松叹偏偏不见

菊花天

翻翠袖鬓云松燕莺语

一江春水颂圣朝影

三犯渡江云

罢罢罢

黄鹤绕碧树

番马舞西风*

八月密热

泱泱水面

五线谱的两岸

茫茫

伊人伴着斯人

日头爬上流火音阶

又顺着

尘埃的降调滚落

轮回的启示

循环短暂

旧消息撕开新报纸

拼贴嫁衣裳

唏嘘的大数据

细数

黄鼠狼尾巴的毫毛

人头上

种植的假发

过剩是个

加减法的谱系

游戏笔画错乱的

镜像

切分音点彩

休止符涂鸦

玻璃屏风抽干空气

挂满晾晒的枕芯

梦的汗渍

土黄

更多的写意臣服于工笔

请注意力注意

测不准的时间不再聚焦

过往的时间

从今往后都是

散点碎片

无人机遥控宇宙玩具

游荡的灵魂

听说在另一个星球

有了量子品质

防盗门以兵团阵容隔离

朋友亲人邻居

密码不算

还要加上孤家寡人的

指纹

给我的狗狗

看个生辰八字

如果它的星座是十三月

最好汪汪

这是八月

庞大的绿色绑架疲惫的

抒情叙事

水里面有湖

湖里有海

海里面有涌到脚边的

沙砾泡沫

贝壳的骨殖

倘若指缝间真的有

虚构的对立面

海龟而不是昂首的蝎子

小蝌蚪而不是魔幻的

座头鲸

弥漫的腥味

苍黑不知哪个世纪的

礁石

倘若迷人的蓝

还不愿过早掀开雾锁的面纱

广角风景

必须倒过来围观

八月漫长

我无力压缩

因为它的密度它的热量

还在膨胀

*此节引用了二十个词牌连缀成句。

骑着青杜果去旅行

"瞧，他们回来了，……"

——艾略特《小吉丁》

从一首小夜曲开始（序）

我的名字叫名字

我骑着青杜果去旅行

旅行是一件好美的好事

青杜果凉凉的

天空里那些够不着的云朵

在我的身边飘来飘去

去你的感觉

城市的天际线一点

也不好看

有时候的心电波脑电波

异常

鳄鱼牙齿的

尖锐锋利

有时候停止了跳动

一根躺下来踹直的曲线

但我还是喜欢

没有目的地飞翔

青杜果底下

人们挤在沙丁鱼罐头的

地铁公交车里

那些小汽车

点着灯的蚂蚁乱窜

棉花糖的太阳

还在编织自己又大

又丑的光环

我更喜欢月亮

光着屁股

一个人待在黑夜

出发

雪花搬运着冬天

冬天只落下羽毛

雪花下着雪花

不说一句话

青杜果说

你骑着我旅行总是

选不好日子

我说

这有什么不好的

只要你不是洲际

不是巡航

尾巴不冒魔鬼的白烟

青杜果说

你就当我是没有

翅膀的仙鹤

海豚钻出了水面

飞起来看见的大地就是不一样

哇蓝色
原来我住过的地方
飞得这么高
才能看见
那些叫河的蜻蜓人的
血管
那些叫山的
一点也不高大
那些摩天的东西
塌陷深渊

青杧果有点絮叨

看那看那
黑下来的灯光真好看
火什么样
灯光什么样
星星挨在一起什么样
灯光就什么样

那些缝隙

迸射火焰的秘密

说不上是创造

还是毁灭

看那看那

星星的灯火燎原

铁水泼溅的

火山岩浆

不知道它们要流到哪里

不知道它们要着到什么时候

看那看那

火在旋转

灯光在旋转

头顶上的星星也在旋转

不是东边黑了

就是西边暗了

谁分开了

黑白的两半

这时候忧伤袭来

我想让我变形
我想让我的身体穿过身体
我想让每一棵树都是
插在石头上的雨伞
我想让房子里的光涌出
红酒的音乐

黑与暗

人的皮肤里没有光
人的肌肉里没有
还有骨头
还有骨头里的骨髓
血管里的血
大脑外面的皱褶
大脑里千年万古的空白
快乐没有
疼痛也没有
甜的苦的都没有

青杞果心里的童话

一个小女孩划着大眼睛的火柴

一棵苹果树是一朵梅花鹿的蘑菇

一盏路灯的小巷万花筒的迷宫

一只蒲公英落下菊花的灯笼

一条毛毛虫戴着圣诞老人的红帽

一只海豹头顶大公鸡的王冠

一片小手的欢呼停在鸽子的云朵上

一架风车看见划船的姑娘长发如烟

梦

汽车的灯光滚动

跳来跳去的水晶球

说不上是田野

还是荒原

星星落着雪花

月亮真好看

一块奶油的蛋糕

冰鲜

小银鱼的河水拉长

动漫的斑驳

梦的底部深蓝

还有点紫

不过

一些橙色的几何图案

飘忽起伏

不像傀儡也不像

提线的木偶

最明亮的就是月亮

撒下渔网的眼

一棵通天的树一半茂盛

自己的黑暗

一半惊飞崩溃的落叶

一个声音

以虚线的方式

呼唤我

但不是我生下来的

名字

我想抓住梦

我抓住了

玻璃上的冰凌雪花

雪花里的冬天下得比

黑夜大

我抓住了

玻璃上的雪花

一缕猫咪

伸着懒腰的哈气

把它们融化

梦

是个大胡子的

蓝精灵

它一说话

雪就会停在半空

它一唱歌

所有的轮子

蜂群倒转

宇宙之唇

湿漉漉的

虚无

没有边际

捣蛋鬼

别忘了汝还在

我的呼吸中

旅行

风儿呀

吹我的汗毛放光

风儿呀

我的身体

迎着你招展

扑啦啦

翻卷

狗的意象温暖全身

梅花的雪在青花瓷里下着

青杧果的青色

很弥漫

青杧果又开始说话

老人家你不要

摇晃

我虽然没有仙鹤的翅膀

也许我更像一艘飞船

你看见了银河

看见了孩子们的童话

还有奇奇怪怪人人马马的星座

其实宇宙

就是啥也看不见

你不要老想着饺子面条

原汤化原食

你不要说面包什么的

有添加剂防腐剂

反式脂肪酸

我的动力不是空气

我燃烧

科学家哲学家

还有诗人们迷惑的

暗物质

博物馆奏鸣

孙悟空的白骨精

还没下地狱

葫芦娃变形大力金刚

铁臂阿童木冒着三角形火焰

白雪公主爱上了

白马王子

有一个叫灰姑娘的

差点丢了水晶鞋

哪吒的舅舅

是个戴蛤蟆镜的保镖

龙王爷刚刚接通玉皇大帝的

手机

司马光砸开的缸

洪水泛滥

阿凡提穿起病号服

倒骑着毛驴

一路行吟

大熊猫的大白

T台上秀拳

米老鼠乘胜追击防空洞里的

鼹鼠

托马斯开着世纪巨轮

接回了大黄鸭

海绵宝宝蜡笔小新

机器人的忍者

钻出神龟

穿着救生的红马甲

快给我能量

快给我能量

巴拉巴拉小魔仙

蝴蝶展厅

苍蝇蚊子跳蚤臭虫

人体照相机的

精准模特

落在大脑袋上的恶心

趴在笑脸上

刷新毛孔里的鸡皮疙瘩

弹琴的托塔的耍蛇的仗剑的

魔兽魔头魔鬼魔怪

中了魔的镜子

嘻嘻哈哈

深一点

埋了我吧

好让我长出出土的童心

绿毛毛也会生根

发芽

空气中的回忆

我的家在孟婆婆的水边

哦巧克力鸡舍

抹茶猪圈

奶酪的牛棚

芝士狗窝

哦宝贝恐龙

大耳朵兔萌萌虎

嘻哈浣熊

哦臭臭猴跳跳蛙

不听话的咩咩

红嘴鸦

假眉三道的狐狸

夹着尾巴的大灰狼

文身的美人鱼

等着驴爸爸

疑似警句

有机的大脑填满

化肥的人工饲料

斜坡的两个方向

摇曳的麦穗

举着不锈钢铲子

萤火虫

闪着大米裸体的绒光

血红的花

盛开得四分五裂

天空只剩

滑落的斜边

叫不来名字的鸟儿

变幻展开的十字

番茄酱的海水升起

一摊落日

蜡烛拄着袅袅的拐棍

月亮的蛋清

包着蛋黄

比基尼的人群绿色

飞碟的星空钻蓝

充气娃娃的星期天粉红

卡通的人柠檬

不管哪个季节的树

都舞爪章鱼

草丛里抱出的太阳也许

捞月

羽化的蜉蝣

坠落昙花的天使

只要天一下雪

世界就黑白

声音的土拨鼠钻入地下

终结者第X

我举着烟头的火炬

我举着泡沫的气球

我举着牛板肠的圆号

我举着五花肉的旗帜

我举着积木的横幅

我举着拼图的标语

我举着蘑菇云的酒幌

我举着骷髅头的族徽

穿过大气层差点烧没了

青杧果点你无数赞的一个赞

青杧果上的人不是个骑士

青杧果说我的房子

红海洋里一艘三桅船

我说那是一只

拎起来就满世界跑的拉杆箱

红海洋汹涌大鲨鱼红眼的波浪

大雪花的海鸥抿住了嘴

落在屏幕的纸上

好多的树长出胖花生模样

摇曳的树冠

展开飞蛾的翅膀

喂养鸽子的人手里攥着

黑色文字

站在地上看见的山

从山脚由浅到深的渐变

天是什么颜色

人就是什么颜色

有三只猫重回我的身边

一只北纬一只东经

中立的一只保持着和我模糊的距离

咖啡的呼吸以大S形停在

安静的空气里

谁这时候煽动心跳

谁注定是个白痴

贴紧电脑的家伙是一条

趴下的狗

我的侧影幽蓝

书写闪电弱小的符号

青杧果说

抱住避雷针睡觉的都是上等人

围着篝火跳舞的

排起了长队等着现宰的羔羊

烤成烫嘴肉串

波力海苔的思想嗑不动

青铜钢板

桃花期的孩子

泥糊糊里麻辣自己的

小龙虾

鲜榨的果汁撑开

袖珍的油纸伞

潜水的吸管

也不指北也不指南

其实有江山的地方就有

美人出来捣乱

哪管你

红袍的钟馗黑头的包公

新桃旧符的门神

你在表情里能点出好多表情

你在心情里

会找到许多心情

你努力地想着小时候为什么哭不出来

你努力忘记

一辈子悲哀的日子

吸星大祭祀

是个全能的冠军

你挡住了迎面直击

架不住快速的

迷宗勾拳

四个兜的泥人塞满各种

偶像

拉长幽灵的影子

宝塔糖的宝塔

螺旋蛔虫

铁葵花的面具

麻醉在黄昏的床上

还没有绝育

我的小马宝莉

爱你的独角心兽

把我变回马吧

我不想做人

外星人扑闪着大眼

手里的吹风机呜呜地吹

青杧果说这就是荡起双桨的

宇宙风

能把你送到彼岸

我说我的新精神

没有精神

我的旧情怀没有情怀

甲壳虫的人

天敌自己

巨大的马面

牛头的一只眼睁开黑夜

一只眼瞪大月亮

萤火虫照亮的洞穴

怒放礼花

亲爱的土豆星辰

亲爱的蛋挞星云

甜甜圈的虫洞

哎呀一切都烤熟了

哎呀我要飞跃

其实这个噩梦一直占据大脑空白

红月亮的橄榄树呼叫鬼魂

火的 火的 火的
太阳化了太阳化了太阳化了
红月亮的橄榄树呼叫鬼魂
冰的 冰的 冰的
太阳化了太阳化了太阳化了
红月亮的橄榄树呼叫鬼魂
黑的 黑的 黑的
太阳化了太阳化了太阳化了
黑的 黑的 黑的
红月亮的橄榄树呼叫鬼魂
太阳化了太阳化了太阳化了
冰的 冰的 冰的
红月亮的橄榄树呼叫鬼魂
太阳化了太阳化了太阳化了
火的 火的 火的
红月亮的橄榄树呼叫鬼魂

祈 祷

谁啊
永生

谁啊

在哪

你的

我的

溪水

呦鹿

殿堂

磐石

谁啊

在哪

谁啊

永生

虚拟之爱

时间的女巫

重叠镜子

星星柔软闪烁

风的脚步

露珠垂下

如果你容许

梦的

再一次抚摸

黑夜也不会

变得伟大

如果光

穿过一堵墙的针孔

它也是无穷

光芒的一部分

薰衣草的

素妆

迷迭骨灰

如果有一道虹

弯成了弓

而不是断头的箭

如果

有一朵花

注定是一片桃园

灿烂遥远

把手伸过来

但不要称呼我亲爱

你的身体

滚烫

降落（尾声）

雪下得更大了

很浓密

它的白还在

下沉

雪花的劳动很艰难

雪里面的光

深邃灰

雪里面的事物

向着没有的方向倾斜

雪里面的颜色

有芭比娃娃眼睛里的蓝

雪里面的微响

融化沙拉

散　步

人们谈论死的时候
死站在不远不近的地方
看着人们

死是个神奇的事物
你能不用任何修辞说一说死吗
就说死

一个送水的人扛着
一桶纯净水
你能说他扛着纯净

这让我想起小时候
看见的那个背着硕大粪桶
走街串巷的人

找到死的反义词很容易

但有一个词你会伤透脑子
太多的语种模糊不清

你好好想一想纯粹
我只能告诉你
纯粹只有死的神秘匹配

没有什么比什么也没了
简单到作废了逻辑
简单到不能说清的某种状态

死是引力
所有的生
都吸附在它的身上

生的自转
都得回到死的
公转中

死一具体琐碎
就会失去自己的尊严

高贵

死说
我们拥抱之前
你一定要学会放弃

人活着是不是一首诗
一首诗复杂到
不可翻译

但那些丢失的部分
正是死的丰富
活总想得到

死是走在前面的
声音
语言跟着

你用什么触摸它们
你就用什么
触摸死

死和神连在一起
省略了人
以及其他命名的东西

神都诞生在死里
死既是造物的开始
也是无名的总和

死的想象打开神的空间
神唱颂的声音
正是死弹拨的旋律

灵魂一直是个第三者
生和死
都是它的情人

你让我走到你们中间
而不是站在高处
看见是我真实的诉求

我辨认你们的活

活虚构虚无

也虚无我

死太长

生太短

这好像是括弧

它们的不对称

恰好平衡

不平衡的世界

死抓住真理的

假象

抵御太多的迷失

我拒斥象征比喻隐喻

我就是我

我也不承认我只是一个过程

我不强加于任何事物

假如我真的强加了
那是人的罪恶

因为我的唯一
孤独成了我的本质
我没有毗邻的朋友

我把人逼进人的内心
内心的辽阔
足以安置更多的黑暗

我和生的契约
是冰与火的
号啕和解

我不是生命的猎手
而是赠予者
触动门铃的信使

我是集大成者
那些活的零散碎片

到我这里才完整

在我面前
狼和羊都是
平等的

因为
死在死里面看到死
看到自己的存在

我否定命运的
顺理成章
一如肯定它的悖论

假如死是信仰
我想
所有的信仰都会动摇

死的永恒
在于平息了
词的暴动

那些主动投奔我的人
不是被生抛弃
而是义无反顾的背叛

死是奔跑的秒针
一阵小小气流
冲击的微微颤动

那是一瞬间的进行曲
我照耀着他们
我是方向的指引

正午的阳光
火热灿烂
亲爱的
我突然想到我们
都会死
我们会闭上眼睛
停止呼吸
漫天的词

我们逮不到一个

它们是飞蛾是萤火虫

是蜉蝣

是会飞的所有

生命

我们逮不到一个词

但我们不甘心

还在拼命地逮呀

逮呀

我们终于逮着一个

在我们手中

在我们展开的手掌

它闪亮

灿灿放光

当黎明爬过了黑夜的

背脊

它把黎明无情驱散

它就是死亡

踏着金色轮子

亲爱的

我们披着金色光芒

我们都会死

都会在一个叫作

死的词里躺下

所有声音

都会从我们的身下

流向大地深处

流向漆黑

如同我们的血

被大地收藏

我覆盖

以普世的价值

以还原给予

以启示

以约定的秩序

遗忘的常识

我宽容

以某种色度的隐忍

以爱

以畏惧战栗

以恐怖

以舞蹈的暴力

我救赎

以朝霞

以偶像的黄昏

以剩余的时间

以圣书

以我的不死

我壮观

以没有我

以无边无际

以合住的混沌

以再一次劈开

以澄清

死是最终的神话

手边的仪式

梦的行动

你们迎向灵光

新的语法

喷薄新的形式

没有我

万物多么空洞

请不要担心我的衰落

你们不要用降临

赞美我

我只是悄悄来到你的身边

死的感恩

越过感恩的死

这也许是善的脆弱

而古老的救赎

转换深邃的暗
星光收集泪水

怜悯是个值得怜悯的词
里面装满
苦难诅咒的倒影

生的荒唐
在于不死
在于活着真好

死不上升
也不坠落
它就停在活的身上

藏起来的危机
预言燃烧的我
时间成为简史

呼吸一口死的气息吧
它的甜蜜

来自光

如果强盗刽子手
顶戴光环
死的头上只有荆棘

死的沉默胜过生的吵闹
无与伦比的祝福
活的盛大又算什么

蚁穴之畔

从一张卷成空洞的
纸
望着里面的
词语
穿过长长隧道
呼吸如烟
我把耳朵贴过去
地听
听里面的声音
什么也没有

事物的影子
从云的身上落下
它们不是众多
石头的反光
广场水面
漂浮神殿祭坛

以及沉船桅杆的

纪念碑

这绿眼睛的池塘

锦鲤们

一会游到这边

一会又跑到那边

荷叶底下

垂柳的荫翳

假山倒影

更多的

跟着鱼食

一只雨淋湿的鸟

说它受伤了

不停叫着

不停抖动自己的

羽毛

像词的痉挛

一滴雨后的水珠滴落

一只蚂蚁路过

行色匆匆的人

涉水而去

尽管你一再朝向

黎明

朝向阳光赠予的

生命钥匙

尽管死亡坚定地否定

自己的虚无

保持着

每一天的构思

某种阴暗

仍升级为所有的

漆黑

我把赞美诗画成

两扇紧闭的

窗户

它们拒绝

高蹈的天空

我把蓝色

送给了

等待开启的窗棂

遥远的圣咏

透明玻璃

死亡开着露珠的

蒸汽机

语言的扳道工

截句

信号灯里的红色

一只粉蝶

抖开蜘蛛的

迷宫

有一种爱

怕爱

拯救一具象

就没了

像伟大被童年的天堂

无情瓦解

一缕胆怯的斜晖

幽幽的

不知是早晨

还是黄昏

自我的分离

如同向日葵热爱

镰刀

种植的野生的

光芒火焰

如果有一束

装扮花瓶静物

它的投影

必须用过期的胶水

拼贴

冰川激情

奔跑的真实源自

大地弯回来的

弧线

这是一个

睁开眼睛的视角

远处的雪山
好像止不住下沉的
剧烈惯性
装置的前景
走出舞台

一般意义的句子
很容易成为
自己复制自己的俘虏
声音沿着
身体蜷曲的轮廓
爬行
语言的行动
在于寻找
语言的陌生
降临的偶然

词与词之间的鸿壑
就像人与内心
痛苦的
不是不能抵达

而是临渊的

自动保护

想象力往往扮演

辩护者贫乏的身份

以便掩盖

灵魂的无能

把腰弯下

弯到拐杖的高度

你会看见时间

裂缝里

大海闪光

真理

透过星星们

的骨灰

换气

神的复活

如同打开的

棺椁

谁担当返回的义务

一如现代主义

摧毁的挖掘

希望遥远的幸存

绝望的高潮

泯灭纯粹瞬间

先知流亡语言

还是语言放逐先知

语言丈量声音的

速度

总是难以验证

重合的影子

它们的声音成为

另一张嘴

言说的功能

轮回验证心灵的时候

恰好完成一种

真实循环

所有的意义消失

假如这是一次

危险的旅行

深刻虚构

假如缄默的存在

重新启动

过剩的智力

缺席的辩驳仍然统治

一切

逃离沿着大脑的

皱褶

追问自己

这个秘密空间

摆放着

书门槛和偶然的

气泡

尘土长着

看不见的翅膀

有许多不明之物

萌动神话

声音藏在词里面

乍一想起

好像发现了

新人类

但声音的背叛

常常取决于

蒙面的

词

遭遇一个词

比邂逅好

作为诗人的突发事件

很珍贵

时间正好在此刻

停住

见证的在场

拉开距离

你好像享受中心的

欣喜或失败

移动的启示

连接虚线

语言囚禁你的方式

几乎和现实一样

它大于时间

空间

凌驾的姿态

一点也不逊色于

习惯事物

剥夺如同抛弃

占有仿佛交换

作为囚徒

语言专制的一面

是你难得的自由

死亡一直强调它的

唯一

诗的小是

羞涩的

它的抵御

就像蚁穴垒起的

泥土颗粒

它更像一个敞开的

钵

注满空气

短暂的城堡

精致而脆弱

献给艾略特

老负鼠养活的猫还没有憧憬出①
KT猫的时代
他们在荒原的地毯上②
打滚磨爪散步沉思
他们的眼睛有黑有蓝有绿
还有费尽脑汁的各式各样的名字③
黄昏刚刚苏醒
天空流动着血色的麻醉剂④
这些猫太淘气了
他们用锋利的爪子扯下幕布
打起1922年的横幅
据说那是一种谢幕的仪式

(一个男孩和一个女孩说了一阵悄悄话
他们手拉手走出打开的自动门
地铁在地底下画着站名的迷宫)

太阳到达黄经15° ⑤

那些迟钝的根芽早已生龙活虎⑥

不用某个节令的雨催促

因为群猫们不满足坐呀坐呀坐呀坐⑦

因为冬天的沉默

总是让他们不知所措

想起老鼠们大摇大摆观看地震仪

分食仓库里储存的吃的

他们要用合唱谱写自己的家族

其实那是一个隐蔽的帝国

只不过拼接的版图

被语言魔术师的手再一次撕碎

（一个男人和一个女人突然翻脸吵了一架

他们谁也不理谁走出打开的自动门

地铁在地底下画着站名的迷宫）

我老啦 我老啦

我熟悉每一张猫脸胜过我

早已熟悉那些臂膀⑧

他们稀奇古怪的名字早已钻进我的脑袋

他们热闹的身世

都是日常生活伟大的传奇

比起行走和言说我更喜欢他们

你抓我挠

你们看那只阔步踱出的大闹闹猫

打了个哈欠哈巴狗和波利狗就四散奔逃

你们再想想他的名字的思想内容思想内容思想内容

他那可言传的不可言传的⑨

（一对老夫妻坐在那儿一路上什么话也没说

他们相互搀扶着走出打开的自动门

地铁在地底下画着站名的迷宫）

① "老负鼠"是埃兹拉·庞德给T.S.艾略特起的绰号。

② 《荒原》，T.S.艾略特著，1922年。

③ 《老负鼠的群猫英雄谱》T.S.艾略特著，1939年。第一首
《给猫取名》。

④ 《J·阿尔弗莱德·普洛夫洛克的情歌》："……趁黄昏正铺
展在天际/像一个上了麻醉的病人躺在手术台上。"

⑤ 指清明节。

⑥ 《荒原·死者的葬礼》："又让春雨/催促那些迟钝的根。"

⑦《老负鼠的群猫英雄谱·老冈比猫》："她坐呀坐呀坐呀坐——这就是老冈比猫的特长。"

⑧《J·阿尔弗莱德·普洛夫洛克的情歌》第十八、十一节。

⑨《老负鼠的群猫英雄谱·哈巴狗和波利狗的可怕战斗》第四节。《老负鼠的群猫英雄谱·给猫取名》第二十八、二十九行。